LE GUIDE DES
100
POLARS
INCONTOURNABLES

Hélène Amalric

LE GUIDE DES 100 POLARS INCONTOURNABLES

Inédit

© E.J.L., 2008

Préface

Quand commence le « roman policier » ? Même s'il est d'usage de faire remonter ses traces au *Zadig* de Voltaire, on s'accorde à le faire naître avec la création de son héros, le détective, donc à la fin du XIXe siècle.

À travers ces cent romans, nous espérons vous offrir un panorama qui reflète l'évolution du genre et ses multiples facettes. Certains s'étonneront peut-être d'y trouver des « classiques » de la littérature, d'autres des romans d'espionnage... « Toute la littérature, sans exception, se divise en romans d'amour et en romans policiers. Citez-moi n'importe quel titre et vous verrez qu'il s'agit, soit d'une enquête sur la violation d'un tabou, donc d'un délit, soit d'une histoire d'amour. » On verra peut-être dans cette phrase de Manuel Vázquez Montalbán une boutade, mais n'en déplaise à ceux qui associent encore roman policier et « sous-littérature », elle n'en repose pas moins sur un fond de vérité.

À grands traits, on voit ici apparaître les différentes écoles, le roman d'énigme, le roman noir, le suspense, le thriller... Le « polar » est un formidable témoin de la société, de l'histoire, des préoccupations des hommes au moment où il a été écrit... On peut constater, par exemple, à quel point les années 1970 ont été celles de la découverte des flics américains, à quel point le roman policier historique a envahi le genre ces deux dernières décennies : n'est-il pas flagrant que celui-ci nous parle d'aujourd'hui à travers le prisme du passé ? Le roman policier est-il donc devenu incapable d'aborder « frontalement » la réalité ? De même, il est peut-être inquiétant de constater à quel point l'humour en a disparu...

> *Les extraits traduits sont souvent issus d'anciennes éditions, mais le lecteur pourra se procurer des éditions plus récentes pour les titres mentionnés dans cet ouvrage.*

Double assassinat dans la rue Morgue
1841
Edgar Allan Poe
Titre original : *The Murders in the rue Morgue*
Traduction : *Charles Baudelaire*
Genre : *détection*

Américain, né à Boston en 1809, poète, journaliste, il est mort à 40 ans d'une crise d'éthylisme. Ce sont trois nouvelles, *Double assassinat dans la rue Morgue, La lettre volée* et *Le mystère de Marie Roget*, dans lesquelles il met en scène Auguste Dupin, le premier détective de l'histoire, qui l'ont fait considérer comme le père fondateur du genre policier. La traduction de ses œuvres par Baudelaire a grandement contribué à sa renommée en France.

« La pièce était dans le plus étrange désordre ; les meubles brisés et éparpillés en tous sens. Les matelas du lit avaient été arrachés et jetés au milieu du parquet. Sur une chaise gisait un rasoir ensanglanté. »
Librio n° 26, 1994

Paris, 1841, des cris horribles résonnent dans la rue Morgue. Mme L'Espanaye gît la gorge tranchée dans une pièce hermétiquement close, et le cadavre de sa fille est retrouvé coincé dans le conduit de cheminée... Le lecteur trouve concentrés dans cette première nouvelle tous les thèmes et personnages constitutifs du roman policier : la figure du détective excentrique, flanqué de son fidèle assistant, le policier vexé par cette intervention, un innocent accusé, la mise au point d'un stratagème pour démasquer l'assassin... Auxquels il faut ajouter le problème de la chambre close, et l'utilisation du raisonnement mathématique pour découvrir la solution.

L'affaire Lerouge
1863
Émile Gaboriau
Genre : *détection*

Français, né en 1832, d'abord militaire, puis journaliste, secrétaire de Paul Féval, il se lie d'amitié avec un ancien inspecteur de la Sûreté, et décide de composer des histoires dans la veine d'Edgar Poe. Il est ainsi le premier créateur du *roman* policier avec *L'affaire Lerouge*, et remporte un succès phénoménal avec ses ouvrages suivants, *Le crime d'Orcival*, *Le Dossier 113*, *Monsieur Lecoq*, qui mettent en scène les policiers Tabaret et Lecoq. Il meurt prématurément à 41 ans.

« La révélation qui venait de se produire avait beaucoup plus irrité que surpris le comte de Commarin.
Faut-il le dire ! depuis vingt ans il redoutait de voir éclater la vérité. Il savait qu'il n'est pas de secret si soigneusement gardé qui ne puisse s'échapper, et son secret, à lui, quatre personnes l'avaient connu, trois le possédaient encore. »
Éd. du Masque, coll. Labyrinthes, 2003

L'assassinat de la veuve Lerouge dans le Paris du XIXe siècle, inspiré d'ailleurs d'un véritable fait divers, marque le point de départ de ce roman « judiciaire », qui mêle l'intrigue criminelle aux réflexions sur la faillibilité de la justice et son fonctionnement.

Autour de ce crime gravitent diverses classes sociales, bourgeois, aristocrates, gens du peuple. Ce sont tous les rapports entre eux que décrit également Gaboriau, dessinant à la fois un tableau prenant de la société française, et créant avec Lecoq un enquêteur hors du commun car doué d'une « mentalité de criminel ».

Crime et châtiment
1865
Fiodor Dostoïevski
Titre original : *Prestouplelie i nakazanie*
Traduction : *D. Ergaz*
Genre : *classique*

> Russe, né en 1821. Il connaît la solitude, la pauvreté, l'épilepsie, la frénésie du jeu, la déportation, qu'il dépeindra dans *Souvenirs de la maison des morts*. Ses œuvres empreintes de désespoir et de mysticisme – *Humiliés et offensés*, *Les possédés*, *Le joueur*, *Les frères Karamazov* – ont fait de lui l'un des plus grands écrivains de la littérature mondiale. Il meurt brutalement d'une hémorragie en 1881.

« Il commença par essuyer ses mains ensanglantées à la garniture rouge. "C'est rouge, le sang doit se voir moins sur le rouge", pensa-t-il et soudain il se ravisa ; "Seigneur ! est-ce que je deviendrais fou ?" pensa-t-il tout effrayé. »
    Éd. Gallimard, coll. Folio, 1995

« C'est le compte-rendu psychologique d'un crime, explique lui-même Dostoïevski en proposant son roman à l'éditeur du *Messager russe* en 1865. Un jeune homme qui est un étudiant exclu de l'Université, d'origine roturière, vivant dans une extrême pauvreté, par légèreté et par manque de principes s'est laissé gagner par certaines de ces idées bizarres et encore embryonnaires qui sont aujourd'hui "dans l'air" […]. Il a décidé de tuer une vieille bonne femme, veuve de conseiller honoraire, et usurière de son état. […] Elle ne sert à rien ? Pourquoi vit-elle ?, etc. Ces questions égarent le jeune homme. »

La pierre de lune
1868
Wilkie Collins
Titre original : *The Moonstone*
Traduction : *L. Lenob*
Genre : *policier*

Anglais, né en 1824. Il entame sa carrière littéraire en 1850 après des études de droit. Ami et collaborateur de Dickens pendant de longues années, nombre de ses romans – il en écrivit vingt-sept, dont *La femme en blanc*, qui connut également un immense succès – parurent en feuilleton dans le journal de Dickens, *All the year round*. Mort en 1889, il mêla avec talent le roman à sensation et la critique sociale, se montrant un ardent défenseur de la condition féminine.

« J'ai la conviction – ou est-ce illusion de ma part ? – que le crime porte en soi son issue fatale. Non seulement je suis persuadé de la culpabilité de Herncastle, mais j'ai assez d'imagination pour croire qu'il regrettera un jour son acte, s'il garde le diamant ; et je crois aussi que d'autres personnes regretteront d'avoir accepté la pierre de lune, si jamais il leur en fait présent. »

Éd. Phébus, 1995

« La pierre de lune se vengera ! » Voici la malédiction jetée à son assassin par le brahmane mourant. Des années plus tard, la jeune héroïne Rachel Verinder, au soir de ses 18 ans, doit se battre à la fois pour sauvegarder sa vie, son amour et le diamant maudit... Considéré comme le premier – et par certains comme le plus beau – roman policier anglais, il se présente quasiment sous une structure épistolaire, chaque personnage prenant tour à tour la parole dans le récit. Véracité des détails médicaux, de la procédure policière, personnage du policier Cuff... « Tout ce qu'il y a de bon et d'efficace dans la narration policière moderne se trouvait déjà dans *La pierre de lune* », affirme T.S. Eliot.

Le mystère d'Edwin Drood
1870
Charles Dickens
Titre original : *The Mystery of Edwin Drood*
Traduction : *Paul Kinnet*
Genre : *énigme inachevée*

Anglais, né en 1812. Il devient journaliste judiciaire et parlementaire. Plusieurs de ses histoires paraissent dans les magazines. En 1836, la publication des *Aventures de Monsieur Pickwick* lui apporte le succès. *Oliver Twist, De grandes espérances, David Copperfield* ont fait de lui l'un des plus grands auteurs anglais du XIXe siècle, combinant humour et vision acérée de la société industrielle victorienne.

« Mr Grewgious entendit un cri terrible. Il n'y avait plus d'être hagard, ni debout, ni dans le fauteuil. Il n'y avait plus qu'un tas de vêtements boueux et déchirés étendus sur le plancher. »
Éditions de l'Instant, 1987

Edwin Drood a disparu. Pourtant, tout souriait à cet aimable jeune homme. Il allait se marier avec Rosa Bud, sa jeune camarade orpheline, et son oncle John Jasper, maître de chœur à la cathédrale de Cloisterham, le comblait de ses attentions.

Jasper mène l'enquête… Mais au fil de l'intrigue, il s'avère que celui-ci, opiomane, est amoureux de Rosa, et qu'il ignorait la rupture des fiançailles d'Edwin Drood, survenue la veille de sa disparition. Rosa s'enfuit à Londres, auprès de son tuteur, pour échapper aux assiduités de Jasper… Et voici que débarque un nouveau personnage, un certain Dick Datchery, qui se prétend détective !

Interrompu en pleine rédaction par la mort subite de Dickens, en 1870, le mystère de la disparition d'Edwin Drood demeure entier… même si de nombreux auteurs se sont essayés à proposer une solution, de Chesterton aux Italiens Fruttero et Lucentini.

Une étude en rouge
1887
Sir Arthur Conan Doyle
Titre original : *A Study in Scarlet*
Traduction : *Catherine Richard*
Genre : *détection*

> Anglais, né en 1859. Il fait ses études de médecine à l'université d'Édimbourg, où il est l'élève de Joseph Bell, qui prône la méthode « déductive ». Celle-ci lui inspire à la fois l'ambition d'écrire un roman policier « révolutionnaire », et de créer un personnage de détective hors du commun. Mais la créature, Sherlock Holmes, finira par occulter le reste de l'œuvre de son créateur : récits historiques, nouvelles fantastiques, romans de science-fiction, et ouvrages sur l'occulte et le spiritisme, qui sera l'obsession de la dernière partie de sa vie, avant sa mort en 1930.

« — S'il s'agit d'un meurtre, comment cet homme a-t-il été assassiné ?
— Poison, décréta laconiquement Sherlock Holmes avant de s'éloigner à grands pas. Autre chose, Lestrade, reprit-il, se retournant sur le seuil. "Rache" signifie vengeance en allemand. Ne perdez pas votre temps à rechercher miss Rachel. »
Éd. du Masque, 1997

L'Américain Drebber, arrivé à Londres en compagnie de son secrétaire, Strangerson, est retrouvé mort à Lauriston Gardens. Avant que la police n'ait pu contacter Strangerson, celui-ci est à son tour assassiné, poignardé. Sherlock Holmes enquête, et conviant les inspecteurs de Scotland Yard à Baker Street, leur désigne l'assassin, en un spectaculaire coup de théâtre, résultat de ses constatations et déductions sur le lieu du crime...

Rapportée par le Dr Watson, telle est la première apparition de Sherlock Holmes, qui ne rencontre qu'un accueil un peu mitigé. Il faudra attendre *Le signe des Quatre*, en 1890, pour que le personnage connaisse le succès que l'on sait, et entre définitivement dans la légende.

Le mystère de la chambre jaune
1908
Gaston Leroux
Genre : *énigme / chambre close*

Français, né en 1868. Il devient avocat, puis chroniqueur judiciaire au *Matin*, et enfin, feuilletoniste. Le personnage de Joseph Joséphin, dit Rouletabille, va lui apporter la célébrité. Imprégné de roman populaire – il est également le créateur de *Chéri-Bibi* –, son inventivité en a fait l'un des précurseurs de la littérature policière française, mais également de la littérature fantastique, avec *Le fantôme de l'Opéra*.

« Le presbytère n'a rien perdu de son charme ni le jardin de son éclat. »
Éd. J'ai lu, 2003

Drame au Glandier : Mathilde Stangerson, la fille du physicien réputé, a été agressée dans sa chambre… Mais celle-ci était verrouillée de l'intérieur ! Les fenêtres sont munies de barreaux, les volets étaient fermés, et il n'y a pas de cheminée. Aux cris de sa fille, le professeur s'est précipité, et a été obligé d'enfoncer la porte. On a retrouvé Mathilde inconsciente, des traces de pas, un mouchoir ensanglanté, et sur le mur… une empreinte sanglante !

L'enquête est menée par Frédéric Larsan, as de la Sûreté, et le reporter Joseph Rouletabille. Mais c'est en s'accrochant « au bon bout de la raison » que le jeune homme va élucider ce mystère, roman fondateur du genre, devenu classique incontournable.

L'aiguille creuse
1909
Maurice Leblanc
Genre : *aventure*

Français, né en 1864. Sa première nouvelle est publiée en 1890 et, à la suite de sa rencontre avec l'éditeur Pierre Laffitte, avec lequel il partage une passion pour « la petite reine », il crée le personnage d'Arsène Lupin pour la nouvelle revue de celui-ci, *Je sais tout*, lancée en 1905. Le succès d'Arsène Lupin, le gentleman-cambrioleur à la française, qui se transforme en justicier après la Première Guerre, éclipsera ses diverses tentatives de roman « sérieux ». Il est mort en 1941.

« Beautrelet s'approcha. Sur les serviettes, il y avait des cartes avec les noms des convives.
Il lut d'abord : Arsène Lupin.
En face : Mme Arsène Lupin.
Il prit la troisième carte et tressauta d'étonnement. Celle-là portait son nom : Isidore Beautrelet ! »
Le Livre de Poche, 2006

Une nuit au château d'Ambrumésy, sur la côte normande... Un vol où rien n'est volé, un prisonnier invisible, un jeune homme, Isidore Beautrelet, élève de rhétorique au lycée Jeanson-de-Sailly, qui se promène avec une fausse barbe... Voilà posés les éléments qui font l'originalité de Maurice Leblanc et de sa créature, Arsène Lupin, caméléon aux multiples identités poursuivi par l'inspecteur de la Sûreté Ganimard et le fameux Herlock Sholmès ; fantaisie et légèreté se mêlent aux mystères les plus étonnants, celui de l'Aiguille creuse, et celui de la maison royale de France !

La clairvoyance du père Brown
1910
Gilbert Keith Chesterton
Titre original : *The Innocence of Father Brown*
Traduction : *Émile Cammaerti*
Genre : *énigme*

Anglais, né en 1874. Après des études d'art et de littérature, il sera journaliste, poète, critique et polémiste. Converti au christianisme, il exercera une énorme influence sur le genre policier, à la fois par ses essais (notamment sur Sherlock Holmes) et par son œuvre, reflet de ses convictions : une histoire policière doit être simple, dénuée de complications, mais non de paradoxes...

« — N'avez-vous jamais songé qu'un homme qui passe sa vie à entendre les autres lui conter les péchés qu'ils ont commis, ne doit pas être entièrement ignorant du mal ? D'ailleurs, à un autre indice, j'aurais pu dire que vous n'étiez pas un prêtre.
— Quoi ? dit le voleur, bouche bée.
— Vous avez attaqué la raison, dit le père Brown. Ce n'est pas orthodoxe. »
Éd. Julliard, 1971

Prêtre dans une paroisse de l'Essex, le père Brown est un petit homme au visage rond et plat comme une face de lune, aux yeux sinistres comme la mer du Nord, qui ne se déplace jamais sans son parapluie... Ce premier recueil de douze nouvelles où il fait son apparition démontre l'originalité de notre prêtre détective, opposé à Flambeau, colosse et voleur français : dans des intrigues ingénieuses, basées sur le paradoxe, à l'atmosphère toujours un peu onirique, il y démontre que l'essentiel repose sur la psychologie, la connaissance de l'âme humaine, et pas sur les indices matériels.

Les trente-neuf marches
1911
John Buchan
Titre original : *The Thirty-Nine Steps*
Traduction : *Magdeleine Paz*
Genre : *thriller*

Écossais, né en 1875. Il est successivement avocat, éditeur, militaire, membre du Parlement, et joue un rôle décisif dans l'organisation du renseignement britannique. Lorsqu'il meurt en 1940, il est gouverneur général du Canada, riche d'une carrière littéraire entamée avec *Les trente-neuf marches*, dans lesquelles il met en scène le personnage de Richard Hannay, agent secret. Son œuvre, d'une richesse inouïe, où se mêlent géopolitique, espionnage, intuitions visionnaires et aventures pures, demeure malheureusement trop méconnue en France.

« Il se servit un whisky and soda qu'il avala en trois gorgées, et reposa le verre si brutalement qu'il se cassa.
"Pardon, je suis un peu nerveux, ce soir. Seulement, voilà : en ce moment, je suis mort."
Je m'installai dans un fauteuil et allumai ma pipe.
"Quel effet cela fait-il ?" lui demandai-je, tout à fait sûr que j'avais affaire à un fou. »

Éd. Omnibus, 2005

Jeune Écossais installé à Londres, Richard Hannay commence à s'ennuyer un peu, lorsqu'un de ses voisins lui demande assistance, et lui raconte une bien étrange histoire d'organisation souterraine anarchiste acharnée à la perte de l'Europe... Faut-il le croire ? Mais quand il retrouve l'homme poignardé au milieu de son salon, voilà Richard Hannay propulsé en pleine aventure : il a vingt jours, un mot de passe et un petit carnet noir pour déjouer tous les pièges de cette mystérieuse organisation. *Les trente-neuf marches* ont été adaptées par Hitchcock en 1935.

Fantômas
1911
Pierre Souvestre et Marcel Allain
Genre : *échevelé*

Nés tous les deux en 1885, ils publient en 1908 dans le journal *L'Auto, Le Rour*, un roman-feuilleton délirant, puis créent dans *L'empreinte* les personnages de Juve et de Fandor. Mais c'est Fantômas qui leur apporte le succès. Au bout de vingt-huit aventures, leur collaboration est interrompue par la mort brutale de Souvestre en 1914. Marcel Allain continuera seul, ou avec d'autres nègres, multipliant les séries, ainsi que les romans sentimentaux ou d'aventures.

« — Fantômas !
— Vous dites ?
— Je dis... Fantômas.
— Cela signifie quoi ?
— Rien... et tout !
— Pourtant, qu'est-ce que c'est ?
— Personne... mais cependant quelqu'un !
— Enfin, que fait-il, ce quelqu'un ?
— Il fait peur ! »

Éd. Robert Laffont, 2005

« *Je suis le maître de tout, de l'heure et du temps... Je suis la Mort.* » Effectivement, l'homme qui fait saigner les murs, pleuvoir du sang, chanter les fontaines, et qui noie Paris sous l'eau des réservoirs de Montmartre – entre autres ! – semble indestructible et inatteignable. Ce « génie du mal » naît en 1911, à la suite d'une commande de l'éditeur Arthème Fayard, qui utilise des moyens publicitaires sans précédent à l'époque pour lancer la série : des affiches placardées sur les murs de Paris y montrent la silhouette menaçante du bandit sans scrupule. Héritier des grandes figures du feuilleton populaire du XIXe siècle, il fascinera Apollinaire, Cendrars, Aragon, Queneau et Desnos, auteur de la célèbre *Complainte de Fantômas*.

Un étrange locataire
1913
Marie Adelaïde Belloc Lowndes
Titre original : *The Lodger*
Traduction : *Catherine Richard*
Genre : *suspense*

Anglaise, née en 1868. Sœur de l'écrivain et poète Hilaire Belloc, amie d'Oscar Wilde et d'Henry James, militante suffragiste, elle fut auteur de pièces de théâtre, de nouvelles et de romans policiers, ainsi que de comptes-rendus de véritables affaires criminelles. *Un étrange locataire* est le premier roman inspiré par les meurtres de Jack L'Éventreur.

« Il se leva, et promena autour de lui un regard rêveur, pensif. Puis, tout à coup, d'une voix qui trahissait une panique vive et irritée, il s'écria :
— Où est mon sac ?
Au regard furieux qu'il lui décocha, Mrs Bunting, debout devant lui, silencieuse, se sentit un instant traversée d'un brusque frisson de peur. Comme elle regrettait que Robert fût si loin, tout en bas, au rez-de-chaussée ! »
   Éd. du Masque, 1994

Le « Justicier vengeur » a déjà frappé quatre fois dans Londres, tuant quatre femmes de manière affreuse. Et dans leur salon, les Bunting dévorent les nouvelles, assis au coin du feu. Ce couple d'anciens domestiques, quasiment à bout de ressources, n'a plus trouvé qu'une solution pour survivre : louer quatre pièces de sa maison… Et voilà que ce soir, par une nuit de brume, un homme vient sonner à la porte, à la recherche d'un appartement. Qui est-il, cet individu aux habitudes et à la personnalité étranges ? Remarquable par son étude de caractères et sa lente montée du suspense, *The Lodger* fut notamment adapté par Hitchcock en 1926.

Le diabolique Fu-Manchu
1916
Sax Rohmer
Titre original : *The Devil Doctor*
Traduction : *Henri Thies*
Genre : *thriller*

Anglais, né en 1883. Sax Rohmer est un pseudonyme, qu'il finira par adopter comme son vrai nom. Fasciné par l'occultisme, il adhère à la Golden Dawn, une société secrète qui compte parmi ses membres Yeats et Aleister Crowley. Auteur de nouvelles, de chansons, de sketches, il crée en 1912 le personnage du Docteur Fu-Manchu, « le péril jaune incarné en un seul homme ».

« — Voyez-vous, continua-t-il nerveusement, on n'est jamais sûr de rien. Si je pensais que ce docteur Fu-Manchu soit encore en vie, si je croyais vraiment que cette prodigieuse intelligence, ce génie... – il hésita – survive, je... je croirais de mon devoir de...
— De ?... fis-je en m'accoudant à la table, un léger sourire aux lèvres.
— Si ce Satan n'avait pas été anéanti, la paix du monde serait menacée à tout instant. »

Éd. du Masque, 1932

Dans une série d'aventures échevelées, ce deuxième roman de la série – qui en comptera quatorze – oppose une nouvelle fois Nayland Smith, le vaillant policier anglais, à cet autre génie du mal qu'est le Dr Fu-Manchu, premier d'une longue lignée d'Orientaux mystérieux et cruels qui n'ont pour seul but que l'anéantissement de l'Occident... Ce personnage fantasmatique, savant, thaumaturge, « aux yeux bridés, magnétiques, verts comme ceux d'un chat », concentre en lui tous les fantasmes et toutes les peurs nées de la révolte des Boxers.

Lord Peter et l'inconnu
1923
Dorothy L. Sayers
Titre original : *Whose Body?*
Traduction : *L. Servian*
Genre : *énigme*

Anglaise, née en 1893. Après des études brillantes qui font d'elle l'une des premières femmes diplômées d'Oxford, elle travaille dans la publicité – elle est l'auteur du célèbre : « Guinness is good for you » – et se lance dans le roman policier. Créatrice du personnage de l'aristocrate détective lord Peter Wimsey, elle est l'une des plus brillantes représentantes de l'âge d'or du roman d'énigme. Elle consacrera la fin de sa carrière à la traduction de *La divine comédie* de Dante.

« — Il était bouleversé, le petit bout d'homme. Il venait de trouver un cadavre dans sa baignoire.
— Excusez-moi, Mère, je n'entends pas. Trouvé quoi ? Où ça ?
— Un cadavre, mon chéri, dans sa baignoire.
— Comment ?... Non, non, ne coupez pas, mademoiselle. »

Éd. du Masque, 1939

Séduisant, distingué, drôle, sportif, cultivé, lord Peter Wimsey est tout cela à la fois. Secondé par son fidèle valet de chambre Bunter, plus snob que lui, lord Peter enquête avec une perspicacité désinvolte... Il est l'archétype du détective des années 1930 et, contrairement à nombre d'auteurs, qui, à l'instar de Conan Doyle ou Agatha Christie, finiront par ne plus supporter leur créature, Dorothy L. Sayers est fascinée par son personnage, par le truchement d'Harriet Vane, auteur de romans policiers qui apparaît rapidement dans le cycle des onze romans consacrés à lord Peter, et épousera celui-ci.

Le mouchard
1925
Liam O'Flaherty
Titre original : *The Informer*
Traduction : *Louis Postif*
Genre : *noir*

Irlandais, né en 1896 à Aran. Il s'engage en 1915 dans l'armée anglaise, puis réformé après une grave blessure, mène une vie aventureuse avant de regagner l'Irlande en 1920. Membre fondateur du Parti communiste irlandais, il quitte de nouveau son pays après la partition et se met à écrire. Son œuvre très sombre, habitée par des personnages forts, écartelés entre révolte et renoncement, mysticisme et athéisme, préfigure le roman noir.

« Gypo ne prêtait nulle attention à ce que disait son ami. Il n'en saisissait pas un mot. Une idée monstrueuse avait jailli dans sa tête comme une bête étrange du désert dans un endroit civilisé où les petits enfants sont laissés à eux-mêmes. »
Éd. Stock, 1948

Gypo, colosse un peu simple, exclu de l'« Organisation », dont on devine qu'il s'agit d'un groupe révolutionnaire, vivote dans l'enfer des bas-fonds du Dublin des années 1920. Son ami Frank, tuberculeux, recherché pour avoir abattu le secrétaire du syndicat des fermiers, lui annonce qu'il sent sa mort prochaine… C'est alors que l'idée germe dans le cerveau de Gypo : pour vingt livres, il va livrer Frank à la police. Pour ces misérables vingt livres, en l'espace de vingt-quatre heures, Gypo va connaître un semblant d'ascension, et une chute fatale. Tableau saisissant et effroyable d'un homme dont on ne sait s'il est broyé par le destin, ou par ses propres choix. John Ford en tira un film magnifique avec Victor McLaglen dans le rôle de Gypo.

Le meurtre de Roger Ackroyd
1926
Agatha Christie
Titre original : *The Murder of Roger Ackroyd*
Traduction : *Miriam Dou-Desportes*
Genre : *énigme*

Anglaise, née en 1890. C'est son travail au dispensaire de l'hôpital pendant la Première Guerre mondiale qui lui donne une connaissance particulière des poisons. À la suite d'un défi, elle écrit en 1920 *La mystérieuse affaire de Styles*, où apparaît pour la première fois Hercule Poirot. Reine absolue du roman d'énigme, auteur de soixante-six romans (*Le crime de l'Orient-Express, Les dix petits nègres*) vingt et un recueils de nouvelles, elle est aussi la créatrice de Miss Marple.

« Mme Ferrars mourut dans la nuit du 16 au 17 septembre, un jeudi. On m'envoya chercher le vendredi 17, vers huit heures du matin. Mais il n'y avait rien à faire, et la mort remontait à plusieurs heures. »
Éd. du Masque, 1927

La mort de Mme Ferrars intervient un an après celle de son mari, décédé d'une gastrite aiguë. Le Dr Sheppard est appelé sur les lieux, et c'est lui, le narrateur de cette histoire, qui va assister à l'enquête que mène un drôle de petit réfugié belge nommé Hercule Poirot. Roman bâti sur une idée d'une extrême simplicité et ingéniosité, qui bafoue les règles du roman d'énigme, *Le meurtre de Roger Ackroyd* apporta le succès à son auteur, et demeure aujourd'hui un de ses chefs-d'œuvre incontesté, toujours aussi efficace...

Mr Ashenden, agent secret
1928
Somerset Maugham
Titre original : *Mr Ashenden*
Traduction : *E. R. Blanchet*
Genre : *espionnage*

Anglais, né en 1874. Il passe son enfance en France. Il abandonne la médecine pour se consacrer à l'écriture après le succès de ses premiers romans et de ses pièces de théâtre. Auteur de vingt romans et de nombreuses nouvelles, où il dépeint souvent avec cruauté la société coloniale anglaise (*Le sortilège malais*, *Le voile des illusions*, *Le fil du rasoir*, *La lettre*), doué d'un rare talent d'évocation, son œuvre n'a quasiment jamais été reconnue à sa juste valeur.

« Ashenden riait encore en se rappelant une certaine conversation avec R. On venait de lui faire une offre qu'il avait cru devoir transmettre à son chef.
"À propos, avait-il commencé, de son ton le plus détaché, je connais un sportsman qui est prêt à assassiner le roi B. pour cinq mille livres." »

Éd. Omnibus, 2005

Le romancier Mr Ashenden est envoyé en mission dans divers pays d'Europe par le colonel R, du contre-espionnage. Inspiré de l'expérience de l'auteur, qui fit partie des services secrets britanniques après la Première Guerre mondiale, ce recueil se savoure à double titre : chacune des nouvelles constitue un document historique – *Le linge de Mr Harrington*, par exemple, se déroule pendant la Révolution russe –, et le ton du récit mêle distance, ironie et humour.

La moisson rouge
1929
Dashiell Hammett
Titre original : *Red Harvest*
Traduction : *J.-P. Herr et Henri Robillot*
Genre : *noir / hard-boiled*

Américain, né en 1894. Il travaille plusieurs années à l'agence Pinkerton. Engagé dans l'armée, il quitte celle-ci en 1919, malade des suites de la grippe espagnole. Sa carrière littéraire est brève – cinq romans et quelques dizaines de nouvelles entre 1922 et 1934 –, mais il aura une influence majeure sur le roman criminel. Un des créateurs du roman *hard-boiled*, « dur à cuire », il a « sorti le crime du vase vénitien et l'a laissé tomber dans la rue », dira de lui Raymond Chandler. Il se partage ensuite entre Hollywood et la bande dessinée. Très engagé politiquement, l'alcool et la maladie auront raison de lui en 1961.

« Ainsi lesté, je repassai dans la salle à manger et allumai les lumières pour examiner le cadavre.
On ne voyait guère de sang. Une tache du diamètre d'un demi-dollar s'était formée autour de la déchirure faite par le pic à glace dans la soie bleue de sa robe. »
Éd. Gallimard, 1950

D'abord publiée dans le « pulp » *Black Mask* en quatre parties, cette *Moisson rouge* met en scène le Continental Op, le privé anonyme de Hammett. Appelé à Personville, petite cité minière du Montana, son client est assassiné avant même qu'il ne le rencontre. La ville est tenue par les différents hommes de main que celui qui règne sur la ville depuis quarante ans avait fait venir pour lutter contre l'agitation syndicale. Alors, le privé décide de « nettoyer » Personville, en montant les gangs les uns contre les autres. D'une extrême violence, voici le premier roman criminel à aborder le thème de la « ville pourrie », corrompue jusqu'à la moelle.

La tête d'un homme
1931
Georges Simenon
Genre : *procédure policière*

Belge, né en 1903. Journaliste, il s'installe à Paris, où il devient feuilletoniste, auteur de romans policiers, sentimentaux, grivois, etc. Collaborateur de *Détective*, il signe en 1928 G. Sim, avant de publier enfin sous son nom. Créateur de Maigret, mais également de « romans durs », il se fixe en Suisse en 1957, et disparaît en 1989, auteur d'une œuvre monumentale au style épuré qui forme aujourd'hui un panorama exhaustif de la France des années 1930 aux années 1960.

« On venait chercher le 9, un parricide, pour le conduire à l'échafaud. Le lendemain, Heurtin, devenu le n° 11, sanglotait. Mais il ne parla pas. Il se contenta de claquer des dents, étendu de tout son long sur sa couchette, le visage tourné vers le mur. »
Le Livre de Poche, 2003

Le 7 juillet, une riche veuve américaine et sa femme de chambre sont assassinées à Saint-Cloud. Joseph Heurtin, un livreur, est rapidement arrêté, car il a laissé des indices flagrants... Le 2 octobre, il est condamné à mort. Mais Maigret, qui a arrêté l'homme, affirme au juge d'instruction, au procureur, au chef de la police : « Ou il est fou, ou il est innocent ! » Et il est bien décidé à le prouver... Un des premiers personnages de tueur gratuit, probablement psychopathe, dans le Paris des années 1930, de Montparnasse à la banlieue ouvrière.

Préméditation
1931
Francis Iles
Titre original : *Before the Fact*
Traduction : *P.-J. Robert*
Genre : *suspense*

Pseudonyme d'Anthony Berkeley Cox, Anglais, né en 1893. Journaliste, humoriste, auteur de romans d'énigme pure sous le nom d'Anthony Berkeley, il anticipe l'évolution du genre, qui va s'orienter désormais vers les mécanismes psychologiques plutôt que mathématiques, en publiant deux chefs-d'œuvre sous le nom de Francis Iles : *Préméditation* et *Complicité*. Théoricien du roman policier, il fonde également le *Detection Club*, qui réunit des auteurs de romans policiers.

« Cependant, comme les causes de la mort n'étaient pas en question, tout ceci n'avançait en rien le procès et le Dr Bickleigh s'ennuyait de plus en plus ; il en était d'ailleurs assez fier, car on n'a jamais dû voir un prévenu s'ennuyer au cours du procès qui lui a été intenté pour meurtre. »

Éd. Gallimard, 1953

Voici comment le Dr Bickleigh, au début de ce XXe siècle, nous raconte que lui est venue l'idée d'assassiner sa femme, en utilisant une bactérie qui se développe dans la nourriture avariée... Inspiré par une affaire réelle, le portrait psychologique de ce médecin tout aussi méprisable que sa femme est odieuse, demeure aujourd'hui d'un cynisme glaçant.

Le facteur sonne toujours deux fois
1934
James Cain
Titre original : *The Postman Always Rings Twice*
Traduction : *Sabine Berritz*
Genre : *noir*

Américain, né en 1892. Successivement journaliste, puis scénariste à Hollywood, où il travaille pendant dix-sept ans, ce n'est qu'à 42 ans qu'il publie son premier roman. Même s'il réfutait le qualificatif de romancier « noir », James Cain a donné au genre, à travers un style réaliste et des histoires traversées par les thèmes de la passion et de la fatalité, plusieurs de ses chefs-d'œuvre : *Assurance sur la mort* et ce *Facteur sonne toujours deux fois*.

« Ce que je craignais avant tout, c'était de fabriquer à nouveau ce meurtre parfait qui nous avait si bien claqué entre les doigts l'autre fois. Un tout petit oubli, et nous étions fichus. Tandis que si j'avais l'air d'un sale type, il pourrait y avoir quelques petites erreurs sans que cela s'aggrave. »

Éd. Gallimard, 1948

Lorsqu'il pénètre dans cette gargote au bord de la route, en Californie, Frank Chambers le vagabond ne sait pas encore qu'il a rencontré son destin. Mais à la vue de Cora, la femme du Grec, Frank décide d'accepter le boulot de mécano et de tenir la pompe à essence... La violence de la passion qui jette Cora et Frank dans les bras l'un de l'autre les entraîne aussi au meurtre. Économie de moyens, brutalité du style et de la narration, ce classique a été adapté quatre fois au cinéma, notamment par Visconti et Bob Rafelson.

Les disparus de Saint-Agil
1935
Pierre Véry
Genre : *mystère*

Français, né en 1900 en Charentes. Libraire, journaliste littéraire, il reçoit en 1930 le Prix du roman d'aventures pour son deuxième roman, *Le testament de Basil Crookes*. Des *Disparus de Saint-Agil* à *Goupi Mains-Rouges*, en passant par *L'assassinat du Père Noël*, son œuvre mêle de façon très personnelle le criminel et le merveilleux.

« Le dernier placard contenait un squelette monté sur un socle à roulettes. Matthieu Sorgues s'accroupit au pied de la chaise, ses doigts coururent sur le bois. »
Éd. Gallimard-Jeunesse, 1997

Au collège Saint-Agil, un certain nombre de pensionnaires ont créé la société secrète des Chiche-Capon, qui va leur permettre d'aller faire fortune aux États-Unis. Ils se réunissent la nuit dans la salle de sciences naturelles, sous la protection du squelette Martin. Un soir, l'un d'entre eux croit apercevoir un « homme invisible » sortir du mur... Il disparaît peu après, suivi d'un autre de ses camarades. Que se passe-t-il donc au collège ? Inspirés par les souvenirs d'enfance de Véry, adaptés au cinéma par Christian-Jaque avec des dialogues de Jacques Prévert, ces *Disparus de Saint-Agil* ont fait frissonner d'une peur bien agréable plusieurs générations de lecteurs.

Tueur à gages
1936
Graham Greene
Titre original : *A Gun for Sale*
Traduction : *René Masson*
Genre : *espionnage*

Anglais, né en 1904. Secrétaire de rédaction au *Times*, critique littéraire, il entre pendant la guerre dans les services de renseignements, où il travaillera sous les ordres de Kim Philby, la célèbre taupe soviétique. Mais il connaît déjà depuis longtemps le succès littéraire, avec des romans habités par les thèmes de la trahison et de la poursuite, comme *Orient-Express, Le rocher de Brighton, La puissance et la gloire*.

« Un meurtre, pour Raven, ça ne tirait pas à conséquence. Ce n'était qu'un nouveau boulot. Il s'agissait de faire attention. De faire travailler ses méninges. La haine n'entrait pour rien là-dedans. »
Éd. Robert Laffont, 1947

Raven est tueur à gages, un homme sans questions ni états d'âme. À Londres, il abat un homme politique, la cible de son dernier contrat. Affligé d'un bec-de-lièvre qui éloigne tout le monde de lui, il se retrouve pris au piège : les billets de banque qui lui ont été remis en paiement de son « travail » étaient marqués... Avec Scotland Yard à ses trousses, et l'aide d'une jeune comédienne, Anne Crowder, il se met à la recherche de l'intermédiaire de la transaction, Mr Cholmondeley. Dans une Angleterre à la veille d'un état de guerre, le portrait triste et désabusé d'un solitaire.

Un linceul n'a pas de poches
1937
Horace McCoy
Titre original : *No Pockets in a Shroud*
Traduction : *Sabine Berritz et M. Duhamel*
Genre : *noir*

Américain, né en 1897. Il pratique divers métiers, dont celui de journaliste, en même temps qu'il écrit de nombreux récits pour les *pulps*, dans des registres très différents : westerns, récits d'aviation, policiers... Il signe ensuite une quarantaine de scénarios à Hollywood, de 1933 à sa mort en 1950. Pourtant auteur de *On achève bien les chevaux*, il demeure largement méconnu aux États-Unis, où *Un linceul n'a pas de poches* ne fut publié que dix ans après sa rédaction.

« — Vous allez essayer de dire la vérité, n'est-ce pas ?
— Je ne vais pas essayer de dire la vérité, je vais la dire.
— Vous êtes-vous demandé ce qui arriverait si vous mettiez certaines gens en mauvaise posture ? N'oubliez pas que nous sommes dans une ville de province qui fait sa crise de croissance, remplie de petits-bourgeois à l'esprit étroit, de bigots, de gens qui ne supporteront pas que l'on vienne se mêler de tout chambarder. »

Éd. Gallimard, 1946

Un journaliste, Mike Dolan, décide de dire la vérité, et plus encore, de l'imprimer. Dans une petite ville américaine des années 1930, qui pourrait presque figurer n'importe quelle ville de n'importe quel pays et de n'importe quelle époque, il s'attaque à la corruption, au racisme et au fascisme. Cet homme qui ne poursuit qu'un seul but, avec obstination et simplicité, en dépit de tous les avertissements, ne pourra bien entendu que mal finir... Un portrait sans fioritures de l'hypocrisie et de la lâcheté sociales.

La chambre ardente
1937
John Dickson Carr
Titre original : *The Burning Court*
Traduction : *Maurice-Bernard Endrèbe*
Genre : *énigme*

Américain, né en 1906. C'est le plus « anglais » des écrivains de romans d'énigme, qui décide très jeune de se consacrer au policier. Maître du problème de chambre close et du crime « impossible », ses deux enquêteurs d'élection, le Dr Gedeon Fell et sir Henry Merrivale, sont respectivement inspirés de Chesterton et de Churchill. Son œuvre considérable (*Celui qui murmure*, *Le sphinx endormi*) oscille toujours entre le fantastique et l'énigme pure, le bizarre et la logique.

« Il s'agit tout simplement d'un crime, mon ami ! Un crime assez bien mis en scène et révélant une assez belle conception esthétique, mais dont l'auteur est un hésitant et un maladroit. Ce qu'il y a de mieux dans cette histoire, se trouve avoir une origine purement accidentelle. »
Éd. du Masque, 1990

Dans le train qui le ramène chez lui, Edmond Stevens se plonge dans un manuscrit, recueil d'affaires criminelles célèbres. Il y découvre la photo de sa femme, légendée : *Marie d'Aubray, guillotinée pour meurtre en 1861…* Son ami Marc, convaincu que son vieil oncle a été empoisonné, fait appel à lui : la cuisinière affirme que le soir de la mort de l'oncle, une femme costumée en marquise de Brinvilliers a fait boire à celui-ci un breuvage inconnu, avant de disparaître par une porte condamnée depuis deux cents ans… Et lorsque l'on procède à l'exhumation, le corps du vieil homme a disparu, alors que de nombreux témoins ont assisté à sa mise en bière, ainsi qu'au scellement de la dalle qui ferme la crypte !

Quels rapports entre tous ces événements ? Le talent éblouissant de John Dickson Carr, qui emporte le lecteur.

Rebecca
1938
Daphné Du Maurier
Titre original : *Rebecca*
Traduction : *Denise Van Moppès*
Genre : *suspense*

> Anglaise, née en 1907 dans un milieu très intellectuel. Elle publie son premier roman en 1931. Auteur à succès, longtemps considérée – à tort – comme un auteur « féminin », alors que son œuvre, influencée par les Brontë et Wilkie Collins, est souvent sombre, empreinte de fantastique et n'obéit pas aux règles du genre, plusieurs de ses romans ou nouvelles furent adaptés au cinéma (*Rebecca, Les oiseaux, L'auberge de la Jamaïque, Ma cousine Rachel*).

« J'ai rêvé l'autre nuit que je retournais à Manderley. J'étais debout près de la grille devant la grande allée, mais l'entrée m'était interdite, la grille fermée par une chaîne et un cadenas. J'appelai le concierge et personne ne répondit ; en regardant à travers les barreaux rouillés, je vis que la loge était vide. »
Éd. Albin Michel, 1939

Considéré comme le chef-d'œuvre de Daphné Du Maurier, adapté par Hitchcock au cinéma, on y distingue très clairement l'influence de *Jane Eyre* : l'héroïne orpheline dont l'apparente vulnérabilité et l'effacement – au point qu'elle n'est même pas désignée par son nom – dissimulent une force d'âme peu commune, la personnalité mystérieuse et maléfique de la première femme. Ici aussi, les masques tombent, le rapport de force homme-femme s'inverse, et c'est l'héroïne qui « sauve » son mari...

Gardénia rouge
1939
Jonathan Latimer
Titre original : *Red Gardenias*
Traduction : *Claude Benoît*
Genre : *hard-boiled*

Américain, né en 1906. Journaliste dans les années 1930, il émigre ensuite à Hollywood, où il devient scénariste. Il adaptera, entre autres, Dashiell Hammett et William Irish. Ses huit romans ont tous pour héros le détective Bill Crane, qui apparaît pour la première fois en 1934, et se caractérisent par un mélange d'humour et de situations incongrues très proches de la comédie américaine.

« Le Docteur Woodrin sourit : "J'aimerais voir la tête du vieux chef Auerbach quand vous lui raconterez que les corps sentaient le gardénia. Il vous bouclerait aussitôt en cellule." »

Pac Éditions, 1979

Un curieux cambrioleur dans une maison prêtée à Bill Crane et Ann Fortune, des lettres compromettantes, peut-être un chantage, un patron, Simeon March, qui embauche le détective pour enquêter sur deux étranges morts par intoxication au monoxyde de carbone, celles de son neveu et de son fils... Ajoutez à cela une femme mystérieuse, un détective privé qui se fait passer pour le rédacteur de publicités pour machines à laver et réfrigérateurs, des personnages plus loufoques les uns que les autres, et une pincée de gardénias... Vous obtiendrez la quintessence du roman de « privé » humoristique, où fusent les répliques entre personnages qu'on imagine bien sous les traits de Cary Grant et Katharine Hepburn.

Le grand sommeil
1939
Raymond Chandler
Titre original : *The Big Sleep*
Traduction : *Boris Vian*
Genre : *noir*

Américain, né en 1888. Après avoir passé son enfance en Europe, il devient administrateur de compagnies pétrolières, puis se lance dans l'écriture de nouvelles pour les *pulps*. Le succès de ses premiers romans (*Le grand sommeil*, *Adieu ma jolie*, *La dame du lac*) l'amène à Hollywood, où il signe plusieurs scénarios. Auteur d'une œuvre relativement peu fournie, il n'en est pas moins l'une des plus grandes influences du roman noir, à la fois par son style particulièrement étudié, et par le personnage de Philip Marlowe, archétype absolu du « privé », le solitaire désabusé qui obéit à sa propre morale dans un monde corrompu.

« Il me frappa une seconde fois. Je ne sentis rien. Le halo se fit plus éclatant. Il n'y avait rien qu'une très douloureuse lumière blanche. Puis l'obscurité, dans laquelle un vague objet rouge gigotait comme un bacille sous un microscope. Puis plus de clarté, plus de mouvement, le noir, le vide, un vent violent et comme la chute d'un grand arbre. »
Éd. Gallimard, 1948

La première aventure de Philip Marlowe, embauché par le vieux général Sternwood pour enquêter sur un maître chanteur et sur la disparition de Charles Regan, secrétaire particulier du même général. Atmosphère poisseuse, personnages que l'on suit sans bien distinguer ce qui les motive, femmes fatales... le seul à tirer son épingle du jeu, dans un monde dégénéré qui se laisse aller à tous ses penchants, c'est Marlowe, qui démêlera petit à petit l'écheveau des turpitudes, et demeurera encore seul devant son double whisky.

Le masque de Dimitrios
1939
Eric Ambler
Titre original : *The Mask of Dimitrios*
Traduction : *Gabriel Veraldi*
Genre : *espionnage*

Anglais, né en 1909. Ingénieur, puis publicitaire, il passera six ans dans l'armée et reviendra vivre en Europe après un bref intermède américain. Le succès de son premier roman, *Frontière des ténèbres*, en 1936, lui permet de se consacrer entièrement à l'écriture. Baptisés à l'époque « thrillers », ses ouvrages (*Épitaphe pour un espion, Voyage dans l'épouvante, Topkapi*...) ont fait de lui le père du roman d'espionnage moderne.

« Latimer contemplait le corps. Ainsi, c'était Dimitrios. L'homme qui avait peut-être égorgé Sholem, le Juif converti. L'homme qui avait trempé dans des assassinats politiques, espionné pour la France. L'homme qui avait dirigé un trafic de stupéfiants, fourni un pistolet au terroriste croate, et qui était finalement mort par la violence. »

Éd. Rivages, 2008

Istanbul, 1938. Charles Latimer, universitaire reconverti en auteur de romans policiers, découvre à la morgue le corps de Dimitrios Makropoulos, assassin, espion, maquereau. Pensant tenir là le sujet de son prochain roman, Latimer cherche à se renseigner sur l'homme... Malheureusement, le mort n'était pas Dimitrios, et celui-ci ne tient pas du tout à ce que l'on enquête sur lui. Par sa recherche de réalisme, celui des lieux, des situations politiques, des enjeux qui se dessinent dans le monde, *Le masque de Dimitrios* marque un tournant dans la façon d'aborder les récits d'espionnage.

L'assassin habite au 21
1939
Stanislas André Steeman
Genre : *énigme*

> Belge, né en 1908. S. A. Steeman, après cinq romans avec Saintair, décide de se consacrer seul à l'écriture policière. Vingt-sept de ses romans ont pour héros M. Wens – alias Wenceslas Vorobeitchik – et seront souvent adaptés au cinéma, notamment *Quai des Orfèvres*. Cocteau l'avait surnommé le « Fregoli du roman policier ».

« Le passant tomba sans un cri, absorbé par le brouillard avant d'avoir touché terre. Sa serviette de maroquin fit floc en giflant le trottoir.
Mr Smith soupira. Il pensait : "Comme c'est facile ! Plus facile encore que la première fois !" »

Éd. du Masque, 2006

Sept victimes en deux mois et demi... et l'assassin a signé tous ses crimes d'une carte de visite : *Mr Smith*. Tous les Mr Smith de Londres se voient mener la vie dure par la police, et ils sont nombreux ! Jusqu'au jour où une piste mène Scotland Yard à la pension Victoria, au 21, Russell Square. Mais lequel des pensionnaires, tous plus étranges les uns que les autres, pourrait bien être Mr Smith ? Humour, ingéniosité et pittoresque dans cette énigme classique qui sera adaptée au cinéma par Henri Georges Clouzot.

Pas d'orchidées pour miss Blandish
1939
James Hadley Chase
Titre original : *No Orchids for Miss Blandish*
Traduction : *Noël Chassérian*
Genre : *noir*

Anglais, né en 1906. René Brabazon Raymond signera du pseudonyme de Chase l'essentiel de ses quatre-vingt-dix ouvrages. Devant le succès des auteurs *hard-boiled* en Angleterre, il décide de se lancer dans le genre : il écrit *Pas d'orchidées pour miss Blandish* en six week-ends, sans avoir jamais mis les pieds aux États-Unis, et en s'inspirant d'un thème de Faulkner. Son univers extrêmement noir, où les femmes fatales côtoient des personnages masculins souvent abjects et cruels, est toujours servi par des intrigues d'une efficacité redoutable.

« Miss Blandish fut poussée sous la lumière crue de l'ampoule qui pendait du plafond. Deux tampons de coton étaient fixés sur ses yeux par des bandes de sparadrap. Eddie lui prit le bras pour la soutenir et elle s'appuya lourdement contre lui. Cette main lui donnait une sensation de chaleur et de force, et dans les ténèbres au milieu desquelles elle se débattait, c'était son seul contact avec le monde extérieur. »

Éd. Gallimard, 1946

Miss Blandish, héritière d'un milliardaire, est kidnappée à la veille de son mariage, et son fiancé abattu sous ses yeux. Miss Blandish se retrouve dans les pattes d'une bande de petites frappes qui croit pouvoir toucher le gros lot... Et puis, miss Blandish va tomber entre les mains de Grisson, le fils psychopathe de M'man Grisson. Autant dire en enfer. Un roman à l'écriture totalement dépouillée, d'une noirceur rarement égalée, qui laisse un goût amer dans la bouche...

Laura
1942
Vera Caspary
Titre original : *Laura*
Traduction : *Jacques Papy*
Genre : *noir*

> Américaine, née en 1904. Après avoir exercé de nombreux métiers, elle écrit des pièces de théâtre dont le succès l'amènera à Hollywood, où elle devient scénariste. Pionnière du roman psychologique, elle utilisera souvent la technique de la narration d'une même histoire par plusieurs personnages. Elle sera également à l'origine de nombreux classiques du cinéma (*Chaînes conjugales*, de Mankiewicz, *La femme au gardénia*, de Fritz Lang).

« Lorsque Waldo Lydecker eut appris ce qui s'était passé après notre dîner de mercredi soir chez Montagnino, il ne put continuer à rédiger l'histoire du meurtre de Laura Hunt. »

Éd. Presses de la Cité, 1946

Laura Hunt, une jeune publicitaire new-yorkaise, est tuée d'un coup de fusil sur le seuil de son appartement. Le cadavre est méconnaissable... Mark Mac Pherson, chargé de l'enquête, soupçonne particulièrement deux hommes, l'ex-fiancé de la victime, Shelby Carpenter, et son ancien amant, Waldo Lydecker. Mais plus il avance dans son enquête, et plus Mac Pherson tombe amoureux de Laura... Jusqu'au jour où celle-ci réapparaît, devenant à son tour suspecte : qui est donc l'inconnue assassinée ? Un magnifique portrait de femme, adapté au cinéma par Otto Preminger avec Gene Tierney.

120, rue de la Gare
1943
Léo Malet
Genre : *noir*

Français, né en 1909. Monté à Paris à 16 ans, il fréquente le milieu anarchiste, puis André Breton et les surréalistes. À son retour de captivité à la fin de la guerre, il se lance dans le roman policier avec de faux romans « américains ». Il crée dans *120, rue de la Gare* le personnage de Nestor Burma, qu'il fera enquêter dans les différents arrondissements de Paris dans le cycle des *Nouveaux mystères de Paris*, panorama très vivant de la capitale à la fin des années 1950.

« Quoi qu'il en fût, le but du voyage était le 120, rue de la Gare ; une adresse paraissant constituer le mot d'une énigme et que déjà, dans des circonstances également dramatiques, un homme m'avait murmurée : l'amnésique de Stalay. »
Éd. Robert Laffont, coll. Bouquins, 2006

Nestor Burma regagne Paris, après son emprisonnement dans un stalag allemand. À la gare de Lyon, il a à peine le temps de croiser son ancien assistant, qui meurt assassiné après lui avoir jeté : « 120, rue de la Gare... » Nestor Burma, détective, va alors se mettre en chasse, sur le pavé de Paris et de la France occupée. Bourgeois pourris, amnésique mystérieux, jeune actrice, voilà tous les ingrédients du premier roman noir français.

L'heure blafarde
1944
William Irish
Titre original : *Deadline at Dawn*
Traduction : *François Gromaire et Henri Robillot*
Genre : *suspense*

Américain, né en 1903. Sous son véritable nom, Cornell Woolrich, il se consacre à l'écriture à partir de 1925, et travaille un temps comme scénariste. Voyant ses manuscrits refusés, il se met à écrire pour les *pulps*, sous le pseudonyme de William Irish. L'amour fou, une atmosphère étrange teintée de fantastique, tels sont les thèmes de son œuvre, où l'on trouve nombre de chefs-d'œuvre qui ont inspiré le cinéma : *J'ai épousé une ombre, La mariée était en noir, La sirène du Mississippi*.

« Dès les premiers mots du jeune homme, la méfiance l'avait envahie soudain, crépitant comme un courant électrique. Elle était comme ça. Elle avait appris à ne croire personne, jamais, en aucune circonstance. C'était le seul moyen de ne pas se faire avoir. »

Éd. Gallimard, 1950

Un dancing qui ferme, un jeune homme et une jeune femme qui ont presque totalement perdu espoir, une rencontre. Dans la nuit désolée, dans cette ville qui est leur ennemie, ils entrevoient peut-être une lueur... mais il ne peut pas quitter New York tant qu'il n'a pas retrouvé les auteurs du crime dont on va l'accuser, et elle n'a pas le courage de partir, de s'échapper sans lui... En l'espace d'une nuit, peut-être vont-ils pouvoir arracher une seconde chance au destin.

La sinistre main droite / *Jeu de massacre* / *La main perdue*
1945
Joel Townsley Rogers
Titre original : *The Red Right Hand*
Traduction : *Michel Le Houbie*
Genre : *énigme*
Prix : *Grand Prix de littérature policière*

Américain, né en 1896. Pilote pendant la Première Guerre mondiale, il écrit ensuite de nombreux récits d'aviation et des nouvelles pour les *pulps*. Ses quelques romans – *Dés pour destin, Mon amie la mort* –, qui se caractérisent par une atmosphère de cauchemar, aux péripéties souvent macabres, constituent une œuvre tout à fait à part.

« Il y a, dans le mystère de ce soir, une question qui me semble d'un intérêt primordial : ce vilain petit bonhomme, ce type dont on sait qu'il avait les cheveux bruns, les yeux rouges, une oreille déchirée, des dents pointues de loup et les jambes torses, comment a-t-il pu disparaître, s'évanouir si complètement du paysage après avoir tué Inis Saint-Erme ? »
Éd. Boursiac, 1947

Le Dr Riddle, chirurgien, est pourtant resté planté au carrefour de la route des Marais, mais il n'a pas vu passer cette voiture que tous les autres ont vue... Cette voiture, était-ce donc cette Cadillac retrouvée un peu plus tard, à la banquette recouverte de sang ? Et la main droite de Saint-Erme, où est-elle passée ? Car il avait une main droite, c'est incontestable... Le Dr Riddle va s'attacher à reconstituer ce puzzle aux pièces étranges, où chaque nouvel événement apporte son lot de détails saugrenus !

Service des Affaires classées
1947
Roy Vickers
Titre original : *Department of Dead Ends*
Traduction : *toutes les nouvelles ont des traducteurs différents*
Genre : *énigme*

Anglais, né en 1889. Agent immobilier, vendeur de machines à écrire, journaliste et chroniqueur judiciaire, entre autres, auteur de soixante-trois ouvrages policiers (*Et la servante est rousse !*), ce sont ses recueils de nouvelles du *Service des Affaires classées*, qui mêlent construction originale et ironie du sort, qui lui apporteront la célébrité.

« Comme dans l'histoire d'Edward Muncey et de la trompette en caoutchouc, par exemple. (Et remarquez que cette trompette n'avait logiquement rien à voir avec Edward Muncey, pas plus qu'avec la femme assassinée par lui ou les circonstances dans lesquelles il l'assassina.) »
Club du livre policier, 1960

Le Service des Affaires classées est un service de police fictif, qui conserve la mémoire d'innombrables crimes, et dont la fonction consiste à établir des rapprochements entre des gens et des choses sans aucun lien logique entre eux. Pour chacune de ces histoires, le lecteur connaît la situation, les personnages, le mobile et le mode opératoire. Bâties sur une structure « inversée », elles consistent à démontrer comment l'assassin, que le lecteur connaît, va finir par se faire prendre...

Tuer ma solitude
1947
Dorothy B. Hughes
Titre original : *In a Lonely Place*
Traduction : *Jean Sendy*
Genre : *suspense*

Américaine, née en 1904. D'abord reporter, puis rédactrice en chef, son premier roman policier, *La boule bleue*, en 1940, la propulse au premier rang des auteurs de suspense. Personnages plongés dans une ambiance de cauchemar, qui cherchent à se sortir de situations qui paraissent toujours à la limite du réel, elle fut également une éminente critique et spécialiste de la littérature criminelle.

« Il s'arrêta, regarda autour de lui. Oui, voilà. Dans les broussailles sauvages, il y avait même une amorce de sentier. Voilà un endroit où un homme peut guetter la nuit.
Il sourit et se sentit à nouveau détendu. »
Éd. des Presses de la Cité, 1951

Dick Steele, revenu de la guerre en Europe, a du mal à se réinsérer. Le jeune homme retrouve, à Los Angeles, son vieux copain Brub, devenu flic, et marié à Sylvia. Dick tente d'écrire un roman, comme tant d'anciens combattants. Pendant ce temps, un maniaque sexuel sévit dans la région... Lentement, très lentement, l'angoisse monte : et si ce criminel, c'était Dick, dont l'auteur nous trace un portrait de plus en plus inquiétant ?

J'aurai ta peau
1947
Mickey Spillane
Titre original : *I, the Jury*
Traduction : *Gilles-Maurice Dumoulin*
Genre : *suspense*

> Américain, né en 1918. Il écrit pour les *pulps*, puis pour la bande dessinée – il fait partie du groupe qui crée Captain Marvel et Captain America. Après guerre, il collabore avec le FBI, ce qui lui vaut diverses blessures par balle et au couteau. En 1947, la publication de *J'aurai ta peau* rencontre un succès phénoménal. Misogyne, raciste, fasciste, Mike Hammer, son détective, est assurément tout cela. Mais l'auteur, lui, montre d'un talent de conteur indéniable...

« J'aurai le salaud qui t'a descendu. Il ne sera pas pendu, ni électrocuté. Il mourra comme tu es mort, avec une dum-dum dans le nombril. Je l'aurai, Jack. Quel qu'il soit, je te promets que je l'aurai. »
Éd. des Presses de la Cité, 1948

Mike Hammer, privé au nom prédestiné (*marteau*), fait ici une entrée fracassante dans le roman criminel. Jack Williams, son meilleur ami, vient d'être abattu. Qui a pu le tuer, parmi les invités qui ont défilé chez lui ce soir-là ? Mike Hammer est bien décidé à le venger, coûte que coûte, et à retrouver l'assassin avant la police. Un nom de femme sur un agenda, un ex-gangster, une femme psychiatre, voilà les seuls « indices » dont il dispose. Mais il a aussi des armes plus efficaces : son charme, ses poings et son désir de vengeance...

Le bigame innocent
1949
Erle Stanley Gardner
Titre original : *The Dubious Bridegroom*
Traduction : *Henri Thiès*
Genre : *énigme*

> Américain, né en 1889. Il devient avocat en 1911, puis commence à écrire des nouvelles pour les *pulps*. Il en publiera des centaines dans des genres différents, avant de créer le personnage de Perry Mason, qui apparaîtra dans quatre-vingt-deux romans. Considérant son œuvre comme une « industrie », il n'en demeura pas moins un conteur hors pair dans le domaine du roman policier « juridique ».

« — Alerte, Perry ! Ce coup-ci, c'est de la dynamite. Mon homme a trouvé Ethel Garvin.
— Où ça ?
— Oceanside. À deux milles au sud de la ville, assise dans sa voiture, à cinquante pieds de la route, du côté de la grève, une balle dans la tempe gauche, morte. »

Éd. des Presses de la Cité, 1950

À la nuit tombée, par la fenêtre de l'escalier de secours, une jeune inconnue dont le vent s'obstine à relever les jupes pénètre dans le bureau de Perry Mason... qui n'en croit pas ses yeux ! Mais la belle blonde, après avoir essayé d'embobiner Mason, s'évanouit dans la nature au pied de l'immeuble, non sans lui avoir asséné une belle gifle devant tout le monde... Brillant avocat, orateur-né, Perry Mason, flanqué de ses deux acolytes Paul Drake et Della Street, et qui n'hésite pas à bafouer la loi pour innocenter ses clients, fera toujours les délices des amateurs d'intrigues bien ficelées aux répliques humoristiques.

Quand la ville dort
1949
William Burnett
Titre original : *The Asphalt Jungle*
Traduction : *J-G. Marquet*
Genre : *noir*

Américain, né en 1899. Après plusieurs métiers, il s'installe à Chicago : la ville lui inspire en 1929 son premier roman, *Le petit César*, qui décrit l'ascension et la chute d'un gangster italien. Il cosigne le scénario de *Scarface*, et se partage entre l'écriture de romans et de scénarios. Son écriture sans fioritures et sa description de la ville, « jungle urbaine » où se mesurent le crime, le pouvoir et la corruption, en ont fait l'un des maîtres du roman noir.

« Il se trouvait bien là, détendu, reposé. Heureusement qu'il avait rencontré Joe Cool ! Sinon... ma foi, cela aurait été fort déplaisant de sortir de prison sans argent, et sans abri. Alors qu'ainsi, tout était arrangé : ses dépenses seraient réglées pendant le temps qu'il lui faudrait pour organiser son coup ; et en guise d'épilogue, le gros paquet, le dernier, celui dont il avait toujours rêvé... »
Éd. Gallimard, 1951

Riemenschneider, baptisé le « Doc », vient de sortir de prison. Il a en tête un dernier coup, le cambriolage de la bijouterie Pelletier, et réunit tous les hommes dont il va avoir besoin : il y a là Emmerich, l'avocat véreux, Cobby, le bookmaker, Gus, le bossu, et quelques autres qui rêvent d'empocher le gros lot... Voici, dans ce roman qui sera le premier d'un genre qui connaîtra bien des avatars, notamment au cinéma, la description de la préparation minutieuse d'un hold-up, suivie du « coup » lui-même, et du terrible grain de sable dans l'engrenage, qui vient bien entendu réduire à néant tous les espoirs...

L'inconnu du Nord-Express
1950
Patricia Highsmith
Titre original : *Strangers on a Train*
Traduction : *Jean Rosenthal*
Genre : *suspense*

Américaine, née en 1921. Dès son plus jeune âge, elle est fascinée par les comportements déviants, et commence à écrire à l'âge de 15 ans. Son premier roman criminel, cet *Inconnu du Nord-Express*, lui apporte un succès immédiat. Elle décrira Tom Ripley, son personnage le plus connu, comme un « héros psychopathe », au charme ravageur et meurtrier à ses heures.

« — Vous lisez trop de romans policiers, dit Guy, qui s'entendit prononcer ces mots en se demandant d'où ils venaient.
— J'aime bien les romans policiers. Ils montrent que toutes sortes de gens peuvent devenir des assassins. »
Éd. Calmann-Lévy, 1951

Guy Haines rentre chez lui en train, et la perspective de retrouver sa femme Myriam, dont il veut divorcer, ne le réjouit pas. Une rencontre avec le jeune Bruno, qui lui avoue détester son père, et lui propose d'« échanger leurs crimes », va mettre en route un engrenage fatal. Étude magistrale de la folie, du passage à l'acte et de la culpabilité, bâtie sur une idée très simple et redoutable, le roman fut adapté par Hitchcock un an après sa publication, et demeure le chef-d'œuvre de son auteur.

Le pigeon récalcitrant
1952
Donald Westlake
Titre original : *God Save the Mark*
Traduction : *F. M. Watkins*
Genre : *humour*
Prix : *Edgar Poe Award*

Américain, né en 1933. À partir de 1958, il se consacre à l'écriture. Sous de multiples pseudonymes, il compose soixante-dix romans, une centaine de scénarios, et crée de nombreux héros récurrents (Dortmunder, Parker, Tobin). Il utilise l'humour comme arme absolue pour exprimer l'absurdité du monde. Il a adapté *Les arnaqueurs* de Jim Thompson pour Stephen Frears en 1990.

« Je ne sais pas pourquoi, mais je dois figurer sur la liste de victimes en puissance de tous les arnaqueurs, empileurs, faisans et estampeurs du monde occidental. Je ne suis pourtant pas la poire type, à en croire Reilly et tous les ouvrages que j'ai consultés à ce sujet. Je ne suis ni cupide, ni inculte, ni particulièrement stupide, ni un étranger ignorant la langue et les coutumes du pays. Mais je suis crédule et ça doit être suffisant. »

Éd. Gallimard, 1968

Fred Fitch est une poire, c'est entendu. Toujours prêt à rendre service à un inconnu qui lui « emprunte » quelques dollars, incapable de croire qu'on puisse mentir à quelqu'un en le regardant droit dans les yeux. Mais aujourd'hui qu'un avocat annonce à Fred qu'il vient d'hériter de 317 000 dollars de son oncle Matt, pour la première fois, Fred se méfie. D'abord, il n'a jamais eu d'oncle Matt… Et puis, voilà que des créatures blondes et pulpeuses se mettent à lui tomber dans les bras. Tout cela est très suspect, et si Matt est une poire, il n'est certes pas un pigeon…

La lune dans le caniveau
1953
David Goodis
Titre original : *The Moon in the Gutter*
Traduction : *Danièle Bondil*
Genre : *noir*

Américain, né en 1917. La réception de ses deux premiers romans, *Retour à la vie* et *La blonde au coin de la rue*, l'encourage à se consacrer uniquement à l'écriture. Auteur de quinze romans noirs à l'univers effroyablement pessimiste, adapté plusieurs fois au cinéma (*Cauchemar, Tirez sur le pianiste, Épaves*), il aura eu la destinée de ses personnages, qui n'entrevoient la lueur de l'amour fou ou de la rédemption que pour retomber dans la déchéance. Il est mort à 50 ans.

« Dans l'obscurité moite d'une nuit de juillet, vers minuit, le chat attendit là plus d'une demi-heure. En s'éloignant, il laissa ses empreintes de pattes sur le sang séché d'une jeune fille qui était morte là, dans la ruelle, sept mois auparavant. »
Éd. Fayard, 1981

Kerrigan recherche le responsable de la mort de sa sœur Catherine, qui s'est tranché la gorge après avoir été violée dans une ruelle obscure. Kerrigan a 25 ans, il est docker, et rêve d'échapper à l'enfer de Vernon Street.

Le sonneur
1956
Ed McBain
Titre original : *The Mugger*
Traduction : *Jean Rosenthal*
Genre : *procédure policière*

> Américain, né en 1926. D'abord enseignant, puis lecteur dans une agence littéraire, il se consacre entièrement à l'écriture à partir de 1953. Il entame en 1955 les *Chroniques du 87ᵉ district*, commissariat de la ville d'Isola, ville fictive mais personnage à part entière. On y suit les enquêtes et la vie quotidienne de tous les inspecteurs, de Steve Carella à Bert Kling, et à travers eux, l'évolution de la société. Maître de la procédure policière, Ed McBain a très fortement inspiré toutes les séries policières télévisées.

« Il se tenait dans l'ombre de la ruelle et la nuit l'enveloppait comme un manteau. Il entendait le bruit léger de son propre souffle et, dominant ce bruit, la vaste rumeur de la ville, comme le murmure d'une grosse femme endormie. »
Éd. Gallimard, 1957

« Clifford vous remercie, madame ! » C'est par ces mots accompagnés d'une courbette que « Le Sonneur », comme l'ont baptisé les flics, abandonne ses victimes après les avoir agressées et dépouillées. Il a déjà frappé plusieurs fois, et impossible de lui mettre la main dessus... De son côté, Bert Kling, l'inspecteur du 87ᵉ district en congé, qui se remet d'une blessure par balle, voit débarquer un ami d'enfance qui lui demande de veiller sur sa jeune belle-sœur... Plusieurs intrigues mêlées, un récit au style dépouillé : la quintessence de la « procédure policière ».

Crime
1956
Meyer Levin
Titre original : *Compulsion*
Traduction : *Magdeleine Paz*
Genre : *psychologique*

Américain, né en 1906. Journaliste, puis écrivain (*The Old Bunch*), *Crime*, qu'il publie après la Seconde Guerre mondiale, remporte un énorme succès. Mais l'obsession qu'il entretient pour le *Journal* d'Anne Frank, qu'il a contribué à faire connaître, va dévorer son existence, obsession racontée par sa femme Tereska Torrès dans *Les maisons hantées de Meyer Levin*. Il est mort en 1981.

« En un certain sens, après tout, cette impersonnalité des victimes était bien dans le ton du drame. Dans ce monde où j'allais entrer, les victimes ne comptent pas beaucoup. Le meurtre du petit Kessler fut le premier à nous montrer que le hasard aussi peut choisir ses victimes. »
Éd. Phébus, 1986

Chicago, 1924. Deux adolescents de la haute bourgeoisie assassinent un petit garçon. Le mobile ? Aucun. Sinon que ces adolescents surdoués, imbus de leur supériorité, ont décidé de commettre un crime gratuit. Cette affaire criminelle, c'est l'affaire Leopold & Loeb, qui défraie la chronique, et dont Hitchcock s'inspirera pour réaliser *La corde*. Meyer Levin, qui a connu les deux garçons au collège lorsqu'il était étudiant, rencontre en prison celui des deux qui a survécu après la Seconde Guerre mondiale : de là, il tire ce roman hallucinant de la genèse d'un crime.

La reine des pommes
1957
Chester Himes

Titre original : *The Five Cornered Square*
Traduction : *Minnie Danzas*
Genre : *noir*
Prix : *Grand Prix de littérature policière*

Américain, né en 1909. Condamné à vingt ans de prison à l'âge de 19 ans, il en sort sept ans plus tard, ayant découvert l'écriture. Ses premiers romans (*La croisade de Lee Gordon, La fin d'un primitif*) ne lui permettent pas de vivre, et il se lance dans le roman policier avec *La reine des pommes*. Il y crée les personnages de Ed Cercueil Johnson et Fossoyeur Jones, deux flics noirs dont les enquêtes se déroulent à Harlem, sur un rythme effréné.

« — On a même plus le droit de marcher dans la rue avec son propre fils, protestait la femme.
— Tu peux pas la fermer une minute, non ? fit le flic excédé.
— Faut pas causer comme ça à ma maman, intervint le gaillard.
— Si cette pouffiasse est ta mère, moi je veux bien être le père Noël, dit le flic.
— J'te défends de me traiter de pouffiasse, hurla la femme en lui balançant son sac à la figure. »

Éd. Gallimard, Folio policier, 1999

La reine des pommes, c'est Jackson, qui croit qu'on peut transformer des billets de dix dollars en billets de cent... À la fois loufoque et pathétique, sordide et drôle, voici tout le petit monde qui grouille à Harlem, où s'agitent Cercueil et Fossoyeur.

Et derrière la drôlerie, un arrière-goût amer de cette description de la vie des Noirs américains dans les années 1950.

Sueurs froides
1958
Pierre Boileau et Thomas Narcejac
Genre : *suspense*

Français, nés respectivement en 1906 et 1908. Ils écrivent chacun de leur côté des essais et des romans policiers avant de se rencontrer en 1948, et décident de collaborer pour écrire des « suspenses », genre peu pratiqué en France. *Celle qui n'était plus*, adapté par Clouzot sous le titre *Les diaboliques*, et, en 1954, *D'entre les morts*, adapté par Hitchcock sous le titre de *Vertigo*, en français, *Sueurs froides*, leur apportent le succès. Théoriciens du roman policier, ils ont également écrit pour la jeunesse et ressuscité Arsène Lupin dans les années 1970.

« — Vous n'êtes pas morte, dit Flavières. Les yeux se tournèrent vers lui. Leur regard venait de très loin.
— Je ne sais pas, murmura-t-elle. Ça ne fait pas mal de mourir.
— Idiote ! cria Flavières... Allez ! Secouez-vous ! »

Éd. Denoël, 1958

Flavières était inspecteur. Sujet au vertige, responsable, s'est-il convaincu, de la mort d'un collègue tombé d'un toit à sa place, il a quitté la police et est devenu détective. Un ancien condisciple, Gévigne, vient le trouver en lui demandant de surveiller sa femme : non, celle-ci ne le trompe pas, mais elle se comporte de façon très étrange... Plus le lecteur progresse dans l'histoire, plus il s'enfonce avec Flavières dans ce portrait d'un amour fou, d'une obsession morbide, avant de s'apercevoir en même temps que lui qu'il a été magistralement manipulé.

L'espion qui venait du froid
1963
John Le Carré

Titre original : *The Spy Who Came In from the Cold*
Traduction : *M. Duhamel et H. Robillot*
Genre : *espionnage*
Prix : *Prix Somerset Maugham*

Anglais, né en 1931. Professeur à Eton, membre du Foreign Office, il quitte la diplomatie en 1964 pour se consacrer entièrement à l'écriture. Le maître du roman d'espionnage de la « guerre froide » (*Une petite ville en Allemagne, La taupe, Les gens de Smiley*) a longtemps refusé de reconnaître qu'il avait lui-même été espion. La fin de cette guerre froide ne l'a pas privé de sujets d'inspiration, loin s'en faut, et ses derniers romans, *Le tailleur de Panamá, La constance du jardinier,* confirment largement que le roman d'espionnage est « universel ».

« Je veux dire... dans notre monde, l'amour et la haine, ces choses-là finissent si vite par perdre leur sens... comme certains sons que les oreilles de chien ne perçoivent pas. En fin de compte, il ne reste plus qu'une sorte de nausée, un dégoût définitif de faire souffrir qui que ce soit... »

Éd. Gallimard, 1964

À Check Point Charlie, le passage du mur de Berlin, Leamas attend Frank, son agent est-allemand. Mais celui-ci est abattu avant d'avoir pu se réfugier à l'Ouest. Avec lui, c'est tout le réseau de Leamas qui est tombé, décimé par Mundt, le chef des services secrets de RDA. Mis à l'écart à son retour à Londres, Leamas se laisse peu à peu sombrer, du moins semble-t-il... Qui trahit, qui ment, qui manipule, dans ce jeu de masques perpétuel où la confiance n'existe pas, où le cynisme est une vertu, dans ce monde entièrement gris et froid, que seul le rouge du sang vient en définitive troubler ?

Le monastère hanté
1963
Robert Van Gulik
Titre original : *The Haunted Monastery*
Traduction : *Roger Guerbet*
Genre : *énigme historique*

> Hollandais, né en 1910. Diplomate, fasciné par l'Asie, en poste en Inde, en Chine, puis au Japon, il publie en 1949 la traduction d'un récit policier chinois du XVIIIe siècle. Le succès de celui-ci l'entraîne à écrire en 1950 *Le mystère du labyrinthe*, où il crée le personnage du juge Ti, inspiré du véritable magistrat Ti Jentsie, qui œuvra sous la dynastie Tang.

« Les yeux agrandis par la peur, il regarda le juge et ajouta : "On dit que par les nuits de tempête comme celle-ci, leurs fantômes viennent revivre ces terribles minutes. Votre Excellence n'entend-elle rien ?"
Le juge Ti prêta l'oreille.
"Seulement la pluie, dit-il avec mauvaise humeur. Descendons, il y a trop de courants d'air par ici !" »
Éd. 10/18, 1984

En l'année 666, surpris au crépuscule par un violent orage, le juge Ti, ses trois épouses et son assistant Tao Gan trouvent refuge dans un monastère taoïste. Au cours de la longue nuit qui va suivre, le juge Ti va connaître d'étranges aventures. À la fenêtre du bâtiment opposé, alors qu'il se penche pour refermer un volet rabattu par le vent et la pluie, le juge aperçoit un homme casqué étreignant une jeune femme nue au bras gauche déchiqueté... Mais on lui affirme que le bâtiment ne comporte pas de fenêtres, et il est bien obligé de se rendre à l'évidence : s'agissait-il donc d'une hallucination ?

Et le huitième jour
1964
Ellery Queen
Titre original : *And on the Eighth Day*
Traduction : *Jean-Paul Granas*
Genre : *énigme*

> Américains, nés tous les deux en 1905 et cousins, Frederic Dannay et Manfred B. Lee prennent pour pseudonyme le nom de leur héros, Ellery Queen, dans leur premier roman publié en 1929. Après s'être consacrés à l'énigme pure, dans une série de mystères où le détective met le lecteur au défi de trouver la solution, ils font vivre à leur écrivain détective, dans les six romans de la *Chronique de Wrightsville*, des aventures plus réalistes et psychologiques. Ils ont également marqué la littérature policière par la création du *Ellery Queen's Mystery Magazine,* consacré à la nouvelle.

« — S'il n'y a pas eu de crime à Quenan depuis un demi-siècle, hasarda Ellery, je peux donc en déduire que, il y a un demi-siècle, un crime a bien été commis ? »
Éd. J'ai lu, 1983

1944. Au volant de sa Duesenberg, parti d'Hollywood pour rejoindre Las Vegas, Ellery Queen découvre une communauté semble-t-il idyllique. Reclus dans une vallée du désert californien, loin de la civilisation et de la guerre, les Quenanites ont apparemment bâti un jardin d'Éden, où la propriété n'existe pas, non plus que la violence ou le mensonge... Dans une atmosphère onirique aux accents bibliques, qui utilise le thème de la communauté religieuse cloîtrée – thème qui, des Quakers aux Amish, traverse toute l'histoire des États-Unis –, Ellery Queen nous offre une magnifique parabole sur l'humanité, la corruption et la convoitise.

1275 âmes
1964
Jim Thompson
Titre original : *Pop 1280*
Traduction : *Marcel Duhamel*
Genre : *noir*

Américain, né en 1906. Il multiplie les petits boulots dès l'âge de 16 ans. Il travaille longtemps dans les champs de pétrole avec son père, et publie son premier roman en 1949. Il collaborera avec Stanley Kubrick à l'adaptation d'*Ultime razzia* et des *Sentiers de la gloire*, et Stephen Frears adaptera ses *Arnaqueurs*. Il meurt en 1977, créateur d'un univers effroyablement déglingué et noir.

« Quand elle prétend que je suis un minus et une moule, je ne peux guère la contredire, vu que je suis peut-être pas très dégourdi (on ne demande tout de même pas à un shérif d'être intelligent) et puis, j'ai pour principe que, les ennuis, vaut mieux leur tourner le dos. C'est vrai, quoi, on en a déjà assez comme ça sans aller encore se mêler de ceux des autres. »
Éd. Gallimard, 1966

Nick Corey aimerait bien continuer à conserver sa planque : un boulot de shérif peinard, un petit salaire, une femme, des maîtresses. Jusqu'ici, la solution, c'était d'en faire le moins possible, et de s'occuper de ses oignons... Mais les élections approchent, et des tas d'ordures s'ingénient à lui pourrir la vie. À salaud, salaud et demi... Et Corey sait très bien jouer les imbéciles pour mieux se débarrasser des gêneurs. De la médiocrité ou du cynisme, du noir ou du sordide, on ne sait pas très bien ce qui l'emporte, dans ce tableau d'une Amérique profonde que Bertrand Tavernier a adapté sous le titre *Coup de torchon* en le transposant dans la France coloniale.

De sang-froid
1965
Truman Capote
Titre original : *In Cold Blood*
Traduction : *Raymond Girard*
Genre : *roman document*

> Américain, né en 1924. Il publie son premier roman en 1948 et connaît très rapidement le succès (*Les domaines hantés*, *Petit déjeuner chez Tiffany*). Mais c'est avec *De sang-froid* qu'il va révolutionner la littérature, créant le « non fiction novel », le roman documentaire. Il est mort en 1984.

« Ils portaient leurs plus vieux vêtements. Car, sentant que cela leur incombait, un devoir de chrétiens, ces hommes s'étaient portés volontaires pour nettoyer certaines des pièces de la demeure principale de River Valley Farm : pièces où quatre membres de la famille Clutter avaient été assassinés, comme le déclaraient leurs actes de décès, "par une personne ou des personnes inconnues". »

Éd. Gallimard, 1966

1959, Holcomb, Kansas. Une nuit, une famille entière est assassinée dans sa maison. Les coupables sont deux jeunes hommes, rapidement arrêtés. À la lecture d'une coupure de presse, Truman Capote décide d'aller s'installer à Holcomb. Du fait divers à l'origine de cette œuvre, pour lequel il suit l'enquête et s'entretient avec les meurtriers, il tire au bout de six ans d'écriture ce vrai-faux roman qui, sous couvert d'une narration « objective », transcende la réalité, et nous fait d'autant plus toucher du doigt la glaçante banalité du crime.

La dame dans l'auto avec des lunettes et un fusil
1966
Sébastien Japrisot
Genre : *suspense*
Prix : *Prix d'honneur, Best Crime Novel et Silver Dagger Award en Grande-Bretagne*

Français, né en 1931. Il publie en 1952 son premier roman, *Les mal partis*, sous son véritable nom, Jean-Baptiste Rossi. Il passe au roman policier en 1962 avec deux romans publiés coup sur coup, *Compartiment tueurs* et *Piège pour Cendrillon*. Le succès l'oriente vers le cinéma, pour lequel il devient scénariste. En 1977, *L'été meurtrier* le propulse de nouveau au premier rang des auteurs français, avant le summum d'*Un long dimanche de fiançailles* en 1991. Bâtis sur une structure d'une rigueur implacable, ses romans ont souvent l'apparence du conte, dont les héros enfantins doivent sortir du labyrinthe dans lequel ils sont enfermés.

« J'ai soufflé la fumée que j'avais dans la bouche en un joli nuage réprobateur, tout en pensant, ce qui gâchait tout : tu souffles la fumée comme dans les films, il va bien le voir que tu te rends intéressante. »
Éd. Gallimard, Folio policier, 1998

Après avoir déposé son patron et sa famille à l'aéroport, Dany, dactylo dans une agence de publicité, emprunte la voiture, direction la Côte d'Azur, pour une petite virée d'un week-end. Mais à partir de là, rien ne va plus... Chaque fois qu'elle s'arrête, quelqu'un la reconnaît, l'a déjà vue dans des lieux, des villes que Dany n'a jamais traversés de sa vie... Lorsqu'elle se fait agresser dans une station-service, on l'a déjà vue blessée, la veille, et lorsqu'elle ouvre le coffre de la voiture... D'accord, Dany est un peu paumée, et myope comme une taupe... mais folle ? Non, il doit y avoir une autre explication. Multiplication des points de vue, personnage attachant, machination diabolique : un roman jubilatoire.

À tous les râteliers
1966
Giorgio Scerbanenco
Titre original : *Traditori di tutti*
Traduction : *Roger Hardy*
Genre : *noir*
Prix : *Grand Prix de littérature policière*

Italien, né en 1911. Il écrit pendant vingt ans sous de nombreux pseudonymes des romans sentimentaux et policiers, avant de créer le personnage de Duca Lamberti, médecin radié de l'Ordre pour euthanasie, et qui collabore désormais avec la Questure de Milan. Très noirs, ses romans (*Les enfants du massacre*, *Vénus privée*) offrent une vision fidèle de l'Italie des années 1970.

« Ce qu'il allait faire lui déplaisait énormément, surtout par une aussi radieuse journée de printemps, avec cette bonne odeur de terre réchauffée au soleil qui s'infiltrait dans la chambre. Mais le petit vieux ne lui laissait pas le choix. Le petit vieux prenait les autres, et la police en particulier, pour des crétins. [...] Il était vieux. Mais il n'est jamais trop tard pour recevoir une bonne leçon. »

Éd. Plon, 1967

Dans ce deuxième roman de la série, Duca Lamberti voit débarquer chez lui un jeune homme peu sympathique, avec une requête un peu particulière : recoudre l'hymen de sa petite amie, qui doit épouser un riche boucher très à cheval sur la virginité. Cette longue première scène, dont on ne sait finalement si elle est plus ridicule que sordide, ou l'inverse, est à l'image du monde de Lamberti, habité par la bêtise, la violence et le crime, et dans lequel il tente de lutter contre l'injustice.

L'homme au balcon
1967
Maj Sjöwall et Per Wahlöö
Titre original : *Mannen pa balkongen*
Traduction : *Michel Deutsch*
Genre : *procédure policière*

> Suédois, nés respectivement en 1935 et 1926, Maj Sjöwall et Per Wahlöö, époux à la ville, tous deux journalistes, ont pour ambition affichée d'« utiliser le roman criminel comme un scalpel ouvrant le ventre de la société et exposant la pauvreté idéologique et la morale discutable du bien-être bourgeois ». Les dix romans qui composent le cycle des enquêtes du commissaire Martin Beck, de 1965 à 1975, forment effectivement un portrait à la fois mélancolique et corrosif du « paradis suédois ».

« Il était 6 h 30 et l'on était le 2 juin 1967. La ville était celle de Stockholm. L'homme du balcon n'avait pas l'impression d'être observé. Il n'éprouvait d'ailleurs nulle impression particulière. Il était en train de se dire qu'il allait se préparer des flocons d'avoine tout à l'heure. »
Éd. 10/18, 1985

Un homme à son balcon, par une journée d'été caniculaire. Un homme banal, une ville banale... et des crimes qui le sont moins. Des petites filles violées et assassinées, des gens agressés dans les parcs de Stockholm. Dans ce deuxième opus de leur série baptisée *Roman d'un crime*, Sjöwall et Wahlöö s'attachent à un sujet que le roman criminel de l'époque a encore peu abordé. Martin Beck, le commissaire méticuleux, acharné, qui fume trop et ne mange pas assez, préfère enquêter sur le terrain avec ses hommes plutôt que de rester derrière son bureau.

Le poids du monde
1970
Joseph Hansen
Titre original : *Fadeout*
Traduction : *Pascal Loubet*
Genre : *procédure policière*

> Américain, né en 1923. Il enseigne à l'université de Californie. Après avoir écrit sous les pseudonymes de Rose Brock et James Colton plusieurs romans abordant « l'homosexualité en tant que partie intégrante de notre vie contemporaine », il est le premier à créer un personnage d'enquêteur ouvertement homosexuel, Dave Brandstetter, qui travaille dans une compagnie d'assurances.

« Il conduisait, les mains moites. De quoi avait-il peur ? Il sourit tristement. Pourquoi tant de précautions ? Ne cherchait-il pas la mort depuis six semaines ? Ça, c'était terminé. Il avait décidé de vivre. »
Éd. du Masque, 2000

Fox Olson, vedette de radio locale dans une petite ville de Californie, disparaît dans un accident : au cours d'un orage, sa voiture s'est abîmée au fond d'un arroyo. Mais on n'a pas retrouvé son corps. Dave Brandstetter, malgré les apparences, est convaincu qu'il ne s'agit ni d'un suicide ni d'un accident, et que Fox Olson est vivant. Alors, avec patience et méticulosité, il va enquêter, interroger, découvrir petit à petit les secrets enfouis...

Sans pathos, sans psychologie outrancière, ce premier des romans consacrés à Dave Branstetter distille une mélancolie et une question obsédante : comment supporter le « poids du monde » ?

La femme du dimanche
1972
Carlo Fruttero et Franco Lucentini
Titre original : *La donna della domenica*
Traduction : *Philippe Jaccottet*
Genre : *procédure policière*

Italiens, nés respectivement en 1926 et 1920, l'un journaliste et l'autre philosophe, vivant tous les deux à Turin, ils ont longtemps écrit ensemble articles, essais, traductions et romans. Les enquêtes du commissaire Santamaria, qui se déroulent à Turin, entremêlent ironie et étude sociologique. La mort de Lucentini en 2002 mit un terme à l'œuvre de ce duo littéraire.

« Une ampoule anémique s'alluma au-dessus de sa tête ; sous cette lumière cireuse, bouclé dans ce cercueil vertical, l'architecte Lamberto Garrone tira fébrilement quelque monnaie de sa poche, y cueillit un jeton, et composa le numéro de son destin. »

Éd. du Seuil, 1973

L'architecte Garrone est retrouvé frappé à mort avec un objet dont la police ne révèle pas la nature… Le commissaire Santamaria, sicilien, se voit projeté dans la haute société turinoise : voici Anna Carla Dosio, épouse oisive d'un riche industriel, Massimo Campi, dandy homosexuel, et un étrange trafic de phallus de pierre… en l'occurrence l'arme du crime. À la piste de spéculations immobilières, s'ajoute pour Santamaria la découverte d'un milieu qui le fascine tout autant que celui-ci le considère comme une bête curieuse…

J'ai tué Kennedy
1972
Manuel Vásquez Montalbán
Titre original : *Yo mate a Kennedy*
Traduction : *Denise Laroutis*
Genre : *noir*

Espagnol, né en 1939. Antifranquiste, il connaît la prison en 1962, puis devient militant du PSUC, où il entre au Comité exécutif en 1980. Journaliste, polémiste influent, il est un observateur et intervenant impitoyable de la société espagnole en mutation. Il est le créateur du détective Pepe Carvalho, lui aussi témoin de la transition du franquisme à la démocratie, grand amateur de sexe et de gastronomie, dont la saga s'achève avec la disparition de son auteur en 2003.

« Et tout le reste est misère ou, ce qui est pis, prémisère et postmisère, économique et intellectuelle, et vaine palabre fasciste, libérale et marxiste. Il faut les voir se vanter d'institutionnalisation du non-institutionnalisable, de libération du non-libéralisable et de l'opportunité des conditions objectives.
Qu'ils aillent se faire foutre. »
Éd. Christian Bourgois, 1994

Sous-titrée « Impressions, observations et Mémoires d'un garde du corps », cette première apparition de Pepe Carvalho pourra en dérouter plus d'un : vision futuriste délirante, notre héros, garde du corps de Kennedy, y apprend à tuer, écoute les poèmes que lui récite Jacqueline Bouvier, brûle des livres, s'acoquine avec la CIA, et ainsi que l'indique le titre, c'est lui qui assassinera Kennedy... Surréaliste et réjouissant.

Là où dansent les morts
1973
Tony Hillerman
Titre original : *Dance Hall of the Dead*
Traduction : *Danièle et Pierre Bondil*
Genre : *procédure policière*

Américain, né en 1925. Journaliste puis enseignant, passionné par la société navajo, il crée dans son premier roman, *La voie de l'ennemi*, en 1970, le personnage du lieutenant navajo Joe Leaphorn. Toutes ses enquêtes, qui relèvent de la procédure policière, font découvrir les diverses cultures indiennes, hopis, navajos et zuñis. Il est considéré comme le père du polar « ethnographique ».

« Le pneu éclata à mi-parcours sur le chemin qui le ramenait de chez Shorty Bowlegs, renforçant Leaphorn dans sa croyance que les journées qui commencent mal ont tendance à finir mal. »
Éd. Rivages, 1986

Deux jeunes garçons ont disparu, le Petit Dieu du Feu zuñi, et Bowlegs, navajo. Les deux gamins étaient amis, mais les réserves navajos encerclent la réserve zuñi, et les deux peuples n'ont jamais entretenu de relations amicales. Une bicyclette abandonnée, des traces de sang... L'enquête de Joe Leaphorn, le flic navajo, sur cette disparition qui est peut-être un assassinat, va l'amener à pénétrer des mondes hermétiques et étranges : les anthropologues qui effectuent des recherches aux alentours, et la communauté hippie de la Toison de Jason.

Méchant garçon
1973
Jack Vance

Titre original : *Bad Ronald*
Traduction : *Jacqueline Lenclud*
Genre : *thriller*
Prix : *Prix Mystère de la critique*

> Américain, né en 1916. Jack Vance est avant tout un auteur de science-fiction et fantasy (*Le cycle de Tschaï, Le cycle de Lyonesse*). Il écrit ses premières nouvelles pendant la Seconde Guerre mondiale. Il utilisera très souvent des thèmes criminels dans ses cycles de science-fiction, et composera seize romans policiers.

« Ronald se dit : "Je ne suis pas comme tout le monde, j'ai toujours su que j'étais différent. En fait, je suis un être supérieur, avec plus de détermination et plus d'intelligence." »

Éd. Télémaque, 2007

Personne ne voit en Ronald Wilby autre chose qu'un adolescent banal, timide et un peu obèse. C'est peut-être là le problème : personne n'a vraiment jamais regardé Ronald, ne s'est demandé qui il était vraiment. Personne sauf sa mère, prête à protéger à tout prix son petit garçon chéri, même lorsqu'il commet une grosse bêtise... Le portrait effrayant d'un adolescent psychopathe.

Nécropolis
1976
Herbert Lieberman

Titre original : *City of the Dead*
Traduction : *Maurice Rambaud*
Genre : *thriller*
Prix : *Grand Prix de littérature policière*

Américain, né en 1933. Diplômé de l'université Columbia, il est journaliste au *New York Times* avant de travailler dans l'édition. Auteur de plusieurs romans toujours très documentés qui se déroulent dans des milieux différents – anciens nazis, traders, musées –, il exprime également à travers ses personnages une vision du monde très noire.

« Il n'est guère de choses que l'on puisse cacher au médecin. Mais à ce point, il est désormais inutile de vouloir les cacher. Toutes les raisons de rien cacher ont disparu. Les seules questions qui subsistent sont de nature académique. Devant un cadavre nu et écorché, le médecin est pareil à un vieux chaman qui déchiffre les augures dans les viscères du mouton sacrificiel. »

Éd. du Seuil, 1977

Cette *Cité des morts*, titre original de *Nécropolis*, est-ce la ville de New York, ou bien la morgue sur laquelle règne le médecin légiste Paul Konig ? Chaque jour y apporte son lot de cadavres, d'enfants torturés, de femmes étranglées et, depuis quarante ans, Konig s'applique à faire son métier... Mais le jour où sa fille est kidnappée, où l'on retrouve sur les berges du fleuve des monceaux de membres épars, qu'il faut reconstituer petit à petit, où il doit affronter un des plus redoutables tueurs en série qu'il ait jamais rencontré, ce jour-là va-t-il changer Paul Konig ? Après avoir enquêté pendant plus d'un an au bureau du médecin légiste de New York, Herbert Lieberman a écrit un des romans les plus terrifiants de la littérature criminelle, une plongée hallucinante dans la noirceur humaine.

L'analphabète
1977
Ruth Rendell

Titre original : *A Judgement in Stone*
Traduction : *Jean-Michel Alamagny*
Genre : *suspense*

Anglaise, née en 1930. D'abord journaliste, elle publie son premier roman, *Un amour importun*, en 1964. C'est le début d'une série d'enquêtes de procédure policière qui ont pour héros l'inspecteur Wexford, qui forment une vision sociale et critique de l'Angleterre des années 1960 à aujourd'hui. Mais elle est également, notamment sous le pseudonyme de Barbara Vine, l'auteur de suspenses psychologiques qui décrivent souvent le point de basculement dans le crime et la folie de personnages vulnérables et marginaux.

« C'est parce qu'elle ne savait ni lire ni écrire qu'Eunice Parchman tua les Coverdale.
Sans véritable mobile et sans préméditation : ce n'était ni pour l'argent ni pour se défendre. »

Éd. du Masque, 1995

Le « suspense » de *L'analphabète* ne réside pas dans le « qui ? » ou le « pourquoi ? » du crime, mais dans la reconstitution du processus qui va mener à l'élimination de la famille Coverdale. Eunice Parchman, 47 ans, embauchée chez les Coverdale, a toujours réussi à dissimuler sa « tare » : elle est analphabète. La folie est ici dans la cruauté des rapports sociaux, qui enclenche un mécanisme destructeur dont les protagonistes ne sont en définitive ni responsables ni coupables...

Laidlaw
1977
William McIlvanney
Titre original : *Laidlaw*
Traduction : *Jean Dusay*
Genre : *noir*
Prix : *Silver Dagger Award*

Écossais, né en 1936. Professeur de lettres à l'université de Glasgow de 1965 à 1970, il écrit d'abord des romans de littérature générale. Il remporte notamment le Whitbread Award pour *Docherty*, le portrait d'un mineur pendant la grande dépression. Poète nombreuses fois primé, ses trois romans criminels ont pour héros l'inspecteur Jack Laidlaw et se déroulent à Glasgow.

« Une nouvelle fois, il ressentit sa nature comme un paradoxe à la dérive. Il était un homme violent en puissance et il avait horreur de la violence, quelqu'un qui croyait à la fidélité et était infidèle, un homme d'action qui soutenait la paix. »
Éd. Rivages, 1987

La fille de Bud Lawson a disparu. À cinq heures du matin, elle n'est pas rentrée du dancing... et on la retrouve assassinée le lendemain dans un parc de Glasgow. L'inspecteur Laidlaw se met à la recherche du meurtrier, mais il n'est pas le seul. La pègre préférerait mettre la main sur l'homme et s'en débarrasser avant que la police ne vienne fourrer le nez dans ses affaires ; quant à Bud Lawson, il est prêt à l'étrangler de ses propres mains... Dans sa tentative de « donner une voix à ceux qui n'en ont pas », McIlvanney nous offre ici un portrait de l'Écosse urbaine bien loin du pittoresque, et un personnage de flic complexe et fascinant.

La mariée rouge
1979
Hervé Jaouen
Genre : *suspense*

> Français, né en 1946. Directeur d'agence bancaire et professeur d'économie, il se lance dans le roman policier en 1979, avec cette *Mariée rouge* qui provoque à l'époque un choc dans le milieu du policier français par son extrême violence. Prix du Suspense en 1982 pour *Quai de la Fosse*, il s'oriente ensuite vers la littérature générale, notamment avec *L'adieu aux îles*, et remporte également le Grand Prix de littérature policière en 1990 avec *Hôpital souterrain*.

« Ces trois monstres allaient lui permettre de réaliser son vœu et, ce qui ne gâtait rien, sur les lieux de ses anciens exploits. Son hommage au Sud-Finistère, il ne l'avait pas dit à Camille, était un pèlerinage aux sources de sa délinquance. »
Éd. Jean Picollec, 1986

Un couple de minables qui vivote de braquages, de vols de voiture, de petite prostitution, une milice de notables déguisée sous l'appellation d'Amicale de Tireurs, qui veut se « faire des chevelus », une noce de province... Quand, près de Quimper, ces trois trajectoires se rencontrent, le résultat est une sorte d'*Orange mécanique* à la sauce bretonne, et une radiographie étonnante de la France des années 1980.

Le nom de la rose
1980
Umberto Eco

Titre original : *Il nome della rosa*
Traduction : *Jean-Noël Schifano*
Genre : *énigme historique*
Prix : *Prix Médicis étranger*

> Italien, né en 1932. Professeur à l'université de Bologne, chercheur et sémiologue, passionné par l'esthétique et la littérature populaire, auteur de nombreux essais et articles, son premier roman, *Le nom de la rose*, est un coup d'éclat qu'il renouvellera avec *Le pendule de Foucault*, notamment, en 1988.

« Alors je ne savais pas ce que frère Guillaume cherchait, et à vrai dire je ne le sais toujours pas aujourd'hui, et je présume que lui-même ne le savait pas, mû qu'il était par l'unique désir de la vérité, et par le soupçon que je lui vis toujours nourrir – que la vérité n'était pas ce qu'elle lui paraissait dans le moment présent. »

Éd. Grasset et Fasquelle, 1982

En 1327, le moine franciscain Guillaume de Baskerville se rend en compagnie de son novice Adso dans une abbaye bénédictine entre Provence et Ligurie. Aux oppositions théologiques qui agitent les différents ordres mendiants et la papauté, elle-même en conflit avec l'empereur Louis IV, vient s'ajouter dans cet endroit *a priori* à l'abri des déchirements du monde, la mort suspecte de l'un des moines : Guillaume de Baskerville se voit alors chargé d'enquêter... *Le nom de la rose* est l'essence même du roman policier : le mélange habile d'une pure intrigue criminelle aux éléments facilement identifiables – une série de meurtres, un enquêteur aux méthodes proches de celles de Sherlock Holmes, un formidable lieu clos, un manuscrit mystérieux – et une réflexion philosophique poussée sur l'opposition entre raison et conservatisme, l'écho du monde médiéval renvoyant à notre société contemporaine...

Le capuchon du moine
1980
Ellis Peters
Titre original : *Monk's Hood*
Traduction : *Serge Chwat*
Genre : *énigme historique*

Anglaise, née en 1913 au pays de Galles, de son vrai nom Edith Pargeter, elle publie d'abord des romans historiques puis, à partir de 1959, une série de policiers contemporains. Mais c'est en 1977 qu'elle débute la chronique des *Frère Cadfael*, série médiévale de vingt romans qui lui apportera le succès. Elle est décédée en 1995.

« Je m'appelle Cadfael, je viens de l'abbaye de Shrewsbury, et c'est moi l'herboriste qui ai fabriqué la potion avec laquelle on a empoisonné Gervase Bonel. Mon honneur est en jeu. Ce qui sert à soigner ne doit pas servir à tuer. »

Éd. 10/18, 1989

Décembre 1138. Un visiteur de l'abbaye de Shrewsbury est victime d'un empoisonnement. Cadfael, moine bénédictin, herboriste, s'attelle à la découverte du coupable, à la fois parce qu'il est l'auteur de la décoction, et parce que l'épouse de l'homme, Richildis, est une femme qu'il a aimée avant de devenir moine...

On retrouve dans cette troisième aventure tout ce qui fait l'originalité de la série, qui se déroule entre 1135 et 1145 : un arrière-plan historique extrêmement riche et précis, un personnage qui, devenu moine à l'âge mûr, après avoir été soldat pendant la première croisade, est plus au fait du monde séculier que la plupart de ses frères du monastère.

Mortelle randonnée
1980
Marc Behm

Titre original : *The Eye of the Beholder*
Traduction : *R. Fitzgerald*
Genre : *noir*
Prix : *Trophée 813*

> Américain, né en 1932. Après avoir combattu pendant la Seconde Guerre mondiale, il travaille pour la télévision et le cinéma, avant de se consacrer à l'écriture de scénarios (notamment *Charade*, de Stanley Donen, et *Help!* de Richard Lester). Son premier roman, en 1978, *La reine de la nuit*, fait déjà preuve d'une originalité et d'une noirceur stupéfiantes, mais *Mortelle randonnée* – à l'origine un scénario refusé – et *La vierge de glace* seront ses deux chefs-d'œuvre.

« Qui était-elle ?
Elle tourna légèrement la tête et regarda par-dessus son épaule. Elle regardait quoi ?
Seigneur Dieu ! Elle était d'une beauté indescriptible. Une beauté qui le bouleversait. Assis, il la regardait et sa caresse de femme scorpion le paralysait d'extase, son venin lui réchauffait le sang. Mais qui était donc cette fille ? »

Éd. Gallimard, 1980

L'Œil est détective privé. Sur une vieille photo de classe, il contemple celle qui est peut-être sa fille, qu'il recherche désespérément... L'Œil enquête : il doit suivre une jeune femme, la petite amie d'un fils de famille dont les parents s'inquiètent. Cette jeune femme tue, consulte tous les jours son horoscope, voyage beaucoup, aux quatre coins de l'Amérique. Et l'Œil la suit, va la suivre pendant des années... Ne serait-ce pas elle, sa fille perdue et inconnue ? N'aurait-elle pas besoin d'être protégée ? Elle laisse trop d'indices derrière elle... Baignée dans un climat de poésie et d'onirisme quasi hypnotique, cette non-rencontre de deux personnages désespérés sera portée au cinéma en 1983 par Claude Miller avec Michel Serrault et Isabelle Adjani.

La loi de la cité
1980
Elmore Leonard
Titre original : *City Primeval*
Traduction : *Fabienne Duvigneau*
Genre : *thriller*
Prix : *Grand Prix de la littérature policière*

Américain, né en 1925. Il sert dans la marine, puis devient employé dans une agence de publicité avant de se lancer dans l'écriture. Auteur de nouvelles, de romans – beaucoup de westerns –, il aborde le roman policier en 1966. Il remporte un Edgar Allan Poe Award en 1984 pour *La Brava*, qui lui apporte le triomphe. Nombre de ses œuvres ont été adaptées au cinéma, de *Hombre* à *Get Shorty*.

« La voix de Jerry s'éleva :
— Eh bien, il a fini par se faire descendre, ce petit salaud.
C'était pas facile de considérer Alvin Guy comme une victime. »
Éd. Presses de la Cité, 1985

Detroit. Un accrochage entre deux voitures, une course-poursuite. Clement, qui ne supporte pas qu'on lui tienne tête, qui ne supporte pas ce Noir avec une Blanche dans sa Cadillac qui lui a grillé le passage, abat froidement le couple. La victime était le juge Alvin Guy, redouté et détesté de tous, et particulièrement des flics. Mais le lieutenant Raymond Cruz est là pour défendre la loi et l'ordre, ce qu'il va faire avec obstination et application... Un affrontement à la fois classique et très noir, qui n'est pas sans évoquer l'univers de l'inspecteur Harry interprété par Clint Eastwood.

Le crépuscule des flics
1981
Joseph Wambaugh
Titre original : *The Glitter Dome*
Traduction : *Eric Waton et Judith Crews*
Genre : *noir*

Américain, né en 1937. Après ses études, il renonce à l'enseignement pour s'engager dans la police de Los Angeles, où il restera quatorze ans. Son premier roman, *Les nouveaux centurions,* qui met en scène trois personnages de flics, lui apporte le succès. Il mêle avec un talent d'écriture rare le tragique et l'humour, et a composé à travers ses œuvres (*Bande de flics, Le mort et le survivant, Soleils noirs*) un panorama à la fois réaliste et pessimiste des flics américains.

« Une très mauvaise année, à bien des égards. Un des flics de LA avait été arrêté à l'étranger, en possession de cocaïne saisie. Un autre avait été abattu alors qu'il allait être arrêté. Le bouquet, c'était un nouveau scandale impliquant des flics des mœurs dans la protection de bookmakers. Et enfin, il y avait un nombre important d'affaires fort controversées, où des suspects non armés avaient été abattus par la police. »

Éd. Presses de la Cité, 1982

« En quelques mois, à Hollywood, j'ai rencontré plus de menteurs, de malfaiteurs et de criminels en tout genre que pendant mes quatorze années dans la police », a raconté Joseph Wambaugh. Marty Wellborn et Al Mackey le savent bien, qui sont chargés d'enquêter sur l'assassinat d'un producteur de films. Comment résister au chaos intégral, à l'absurdité et la folie ? Parfois, la tentation est grande d'« avaler son flingue », de se tirer une balle dans la bouche avec son arme de service… Mais mieux vaut aller trouver refuge au « Glitter Dome », le bar où l'on trouvera peut-être une fille avec qui boire et finir la nuit.

La position du tireur couché
1981
Jean-Patrick Manchette
Genre : *noir*

Français, né en 1942. Il enseigne le français en Angleterre, collabore aux scénarios de la série télévisée *Les globe-trotters*, écrit des scénarios, des novélisations, traduit de nombreux romans. Ses romans noirs, écrits entre 1970 et 1995, date de sa mort, sont à la fois le reflet de l'actualité politique (*L'affaire N'Gustro, Nada*) et celui de la société et de ses malaises (*Ô dingos, ô châteaux, Le petit bleu de la Côte Ouest*).

« Terrier recula un peu sur son siège et cessa de presser le canon du HK4 contre la gorge du jeune homme. Celui-ci se massa le cou en larmoyant. »
— Ah ! Merci, merci !
— Porte ce message à M. Cox, lui dit Terrier en lui tirant une balle dans le cœur. »
Éd. Gallimard, 1981

Martin Terrier est tueur professionnel depuis dix ans. Une enfance dure, une ambition, se retirer après avoir amassé suffisamment pour mener une fin de vie tranquille. Mais Terrier, professionnel efficace, au sang-froid imperturbable, n'en est pas moins demeuré un « naïf »… Car ses commanditaires n'entendent pas le laisser prendre sa retraite.

Sur une trame en définitive classique, Manchette est ici à l'apogée de son art. Pas de fioritures, ni dans les péripéties ni dans la psychologie, une écriture épurée, le sommet du roman noir français comportementaliste.

Le prince de New York
1978
Robert Daley
Titre original : *Prince of the City*
Traduction : *Hélène Devaux-Flimié*
Genre : *document*

> Américain, né en 1930. Correspondant du *New York Times* en France de 1959 à 1964, il est ensuite nommé commissaire délégué de la ville de New York, spécialisé dans la lutte contre la corruption. Il utilisera cette expérience pour ses nombreux romans, dont *L'année du Dragon*, adapté au cinéma par Michael Cimino.

« Tout au fond de lui, il voulait croire, et il voulait que le monde entier croie qu'il avait agi comme il l'avait fait parce qu'il était un policier, parce qu'il avait vu le mal croître sous ses yeux, un mal auquel lui-même avait contribué, et il avait réagi pour y mettre fin, utilisant les seuls moyens à sa disposition. Il avait agi non comme un mouchard, mais comme un flic. »

Éd. Albin Michel, 1990

Les personnages sont réels, les faits sont réels, mais ils atteignent à une telle dimension romanesque que leur place se justifie ici. Bob Leuci existe : il était ce « prince de New York » de la brigade spéciale en charge de la lutte contre le trafic de drogue qui a accepté de collaborer avec le procureur, pour mettre au jour les méthodes peu recommandables des flics de cette unité d'élite. Corruption, honneur et trahison, les thèmes sont identiques dans la réalité et la fiction.

Chronique d'une mort assurée
1982
Sara Paretsky
Titre original : *Indemnity Only*
Traduction : *Anna Buresi*
Genre : *privé*

> Américaine, née en 1947. Elle fait ses études à Chicago, puis travaille dans la publicité et les relations publiques. Elle décide de se lancer dans le policier en 1979, créant un des premiers personnages de femme détective privée : V.I. Warshawski, d'origine polonaise, fille de flic et ancienne avocate, une des révélations du genre, interprétée au cinéma par Kathleen Turner.

« — Je cherche V.I. Warshawski, dit-il d'une voix rauque mais assurée, en homme accoutumé à être obéi.
— Oui, répondis-je en passant devant lui pour m'assoir à mon bureau.
— Oui, quoi ?
— Oui, je suis V.I. Warshawski. »
Éd. du Masque, 1989

Engagée par un certain John Thayer pour retrouver la petite amie de son fils, c'est le fils que découvre V.I. Warshawski, abattu d'une balle dans la nuque dans sa chambre sur le campus. Quant à son client, il s'est évanoui dans la nature... Mais comme tout bon détective privé, Victoria Iphigenia Warshawski est têtue, forte en gueule, prête à se défendre lorsqu'il le faut, et elle n'abandonne pas si facilement une enquête.

Huit millions de façons de mourir
1982
Lawrence Block
Titre original : *Eight Million Ways to Die*
Traduction : *R. Fitzgerald*
Genre : *noir*

Américain, né en 1938. Il se consacre à l'écriture depuis 1958. Auteur de romans noirs, de romans d'espionnage, de pastiches et de plusieurs séries, il crée en 1976 le personnage de Matthew Scudder, détective privé alcoolique. *Huit millions de façons de mourir* lui apporte la consécration publique et critique.

« J'avais effectivement besoin d'argent, et si l'on pouvait dire que j'avais un métier, le mien était de faire des enquêtes.
J'avais cependant une autre raison, peut-être plus profonde. Rechercher l'assassin de Kim était une chose que je pouvais faire au lieu de boire.
En tout cas, pendant un certain temps. »
Éd. Gallimard, 1985

Huit millions d'habitants à New York, huit millions de façons de vivre, huit millions de façon de mourir. Tandis que Matt Scudder est occupé à combattre ses propres démons, Kim Dakkinen, une jeune prostituée qui veut raccrocher, est assassinée. Et son mac embauche Scudder pour retrouver le fou meurtrier. Un drôle de mac, d'ailleurs, ce jeune Noir collectionneur d'art africain. Dans les bas-fonds de New York, cette jungle urbaine où il est parfois difficile de garder la volonté de s'en sortir, on trouve de tout, et les apparences sont souvent trompeuses...

On ne meurt que deux fois / Il est mort les yeux ouverts
1982
Robin Cook
Titre original : *He Died With His Eyes Open*
Traduction : *Jean-Bernard Piat*
Genre : *noir*
Prix : *Prix Mystère de la critique*

Anglais, né en 1931. Il rompt avec son milieu, la grande bourgeoisie, et après avoir vivoté de plusieurs métiers, s'installe en France en 1974. Son premier titre, *Crème anglaise* (1962), sera suivi de nombreux autres (*Les mois d'avril sont meurtriers, Comment vivent les morts*). La noirceur et le désespoir de son univers culminent dans *J'étais Dora Suarez*, son dernier roman écrit quelques années avant sa mort en 1994.

« Staniland écrivait : "La plupart des gens vivent les yeux fermés, mais moi, j'entends mourir les yeux ouverts. Nous essayons tous instinctivement de nous rendre la mort moins difficile, je crois. Personnellement, j'ai deux moyens. Premièrement, je bois." »

Éd. Gallimard, 1983

   Un enquêteur anonyme, qui travaille sur des disparitions qui n'intéressent personne. Un homme battu à mort, retrouvé dans les rues de Londres. Cet homme avait un nom, Staniland, et il a laissé de nombreuses notes et cassettes. À partir de celles-ci, notre enquêteur va reconstituer une vie, plonger dans une sorte d'osmose avec la victime, et retrouver les coupables...

La danse de l'ours
1983
James Crumley
Titre original : *Dancing Bear*
Traduction : *François Lasquin*
Genre : *thriller*

Américain, né en 1939. James Crumley a longtemps vécu dans le Montana. Après avoir exercé les métiers les plus divers, il se consacre à la littérature à partir des années 1960. Il est professeur d'écriture, et a créé le personnage de Milo Milodragovitch, ex-shérif devenu privé, alcoolique et cocaïnomane, ancien du Vietnam et grand amateur de femmes.

« J'avais cédé à la panique, d'accord. J'étais mort de trouille, et dans la merde jusqu'au cou. Quand on a perdu l'habitude de voir ce genre de trucs régulièrement, on n'a plus le feeling spécial qui aide à les affronter, on n'est plus protégé par cette mince épaisseur de cynisme grâce à laquelle on arrive à regarder une boucherie comme celle-là avec un hochement de tête peiné avant de reprendre tranquillement le cours de ses occupations. »
Éd. Albin Michel, 1985

Milo, en attendant son héritage, végète dans un boulot minable, quand une vieille dame charmante, ancienne maîtresse de son père, se met en tête de l'embaucher : elle voudrait savoir qui est ce couple qui vient régulièrement s'installer dans un jardin public, et que la vieille dame scrute à la jumelle. Un travail qui n'a pas l'air bien difficile, et très bien payé. Mais à peine Milo a-t-il accepté que l'enfer se déchaîne autour de lui...

Le massacre du Maine
1984
Janwillem Van De Wetering

Titre original : *The Maine Massacre*
Traduction : *Denis May*
Genre : *procédure policière*
Prix : *Grand Prix de littérature policière*

Hollandais, né en 1931. Il fut policier à Amsterdam avant de s'installer aux États-Unis. Il se lance dans le roman en 1974, et crée les deux policiers De Gier et Grijpstra, ainsi que leur commissaire anonyme. Toujours hauts en couleur, avec des personnages truculents, ses romans sont également fortement influencés par la philosophie « zen ».

« De Gier se souvenait d'une des premières leçons de l'adjudant Grijpstra : "Cherchez toujours le mobile le plus bas, sergent, et vous aurez généralement raison. Si vous vous trompez, c'est que vous avez regardé trop haut." Une dure vérité, mais une vérité quand même. »

Éd. Fleuve Noir, 1983

Un coup de téléphone de Suzanne, la sœur du commissaire, va envoyer nos héros enquêteurs dans le Maine. Son mari, Peter, est mort dans un accident. Mais une fois sur place, dans les forêts du Maine en plein hiver, il s'avère que cet « accident » est le sixième d'une série...

Flood
1985
Andrew Vachss
Titre original : *Flood*
Traduction : *Jacques Martinache*
Genre : *noir*

Américain, né en 1942. D'abord travailleur social, directeur d'un programme pénitentiaire pour jeunes délinquants, puis attorney spécialisé dans les affaires concernant les abus envers les enfants. Il crée le « privé » Burke, ex-taulard obsédé par la survie dans le New York glauque des années 1980, et demeure malheureusement méconnu en France.

« Flood me fixa un moment puis sourit.
— Vous êtes un homme pacifique, n'est-ce pas, Mr Burke ?
— Exactement. Il faudrait que je sois mort de trouille pour descendre qui que ce soit. Je survis, je ne demande pas grand-chose de plus. »
Éd. des Presses de la Cité, 1986

Flood est un petit bout de femme d'un mètre cinquante, très douée en karaté, qui vient offrir mille dollars à Burke pour retrouver « le Cobra ». Que fait le Cobra ? Il a paraît-il combattu au Vietnam, et il viole les enfants. Dans une ville qui ressemble plus au dernier cercle de l'enfer qu'à autre chose, aidé de ses acolytes, Max le silencieux, un Tibétain sourd-muet expert en arts martiaux, et Michelle, le travelo qui rêve de se faire opérer, Burke le *survivaliste* essaie de rétablir un semblant de justice pour ceux que le reste du monde a oubliés.

Métropolice
1985
Didier Daeninckx
Genre : *suspense*

Français, né en 1949. Après avoir travaillé dans une imprimerie pendant une dizaine d'années, il écrit son premier roman, *Mort au premier tour*, puis entame les enquêtes de l'inspecteur Cadin (*Meurtres pour mémoire*, *Le géant inachevé*). Un des plus grands du roman noir français, il utilise les codes du genre pour « parler de ce que je vois, des difficultés de vivre, de l'histoire qui ne passe pas ».

« Ses mains jaillirent de ses poches et se collèrent sur les omoplates de l'homme.
Qui bascula dans un cri terrible.
L'homme eut un dernier sursaut vers sa valise qui rebondissait sur les rails. Il n'avait jamais rien vu de plus gros qu'une motrice de métro. »

Éd. Gallimard, 1986

Un homme vient de basculer sous une rame du métro, poussé par un inconnu. Dans la valise qu'il transportait, une bombe, qui risque d'exploser à tout moment. Plus grave encore, c'est au métro Châtelet, c'est-à-dire sous la Seine... Et si la bombe est assez puissante pour endommager la voûte, la moindre brèche peut provoquer une inondation sur deux kilomètres... Écrit fin 1984, ce deuxième roman de son auteur, sous le suspense pur, est un portrait presque photographique de la France post-années 1981.

Un certain goût pour la mort
1986
P.D. James
Titre original : *A Taste for Death*
Traduction : *Lisa Rosenbaum*
Genre : *procédure policière*

Anglaise, née en 1920. Fonctionnaire à l'Assistance publique, administratrice d'hôpital, elle dirige pendant dix ans un laboratoire médico-légal de la police. En 1960, elle publie son premier roman, *À visage couvert*, et entame une magistrale carrière d'écrivain. Créatrice du commandant Adam Dalgliesh, poète, amateur d'architecture et de musique baroque, elle a profondément renouvelé le roman criminel anglais. Anoblie en 1991, elle siège à la Chambre des lords.

« — Eh bien, bonne chance pour votre enquête. J'espère que ce ne seront pas des peines d'amour perdues.
— Hein ?
— Oh, pardon ! Dans la pièce de Shakespeare, il y a un courtisan qui s'appelle Berowne. C'est un nom curieux et intéressant.
— Sa mort l'est aussi. À jeudi, huit heures. »
Éd. Mazarine, 1987

Sir Paul Berowne est retrouvé la gorge tranchée dans la sacristie d'une église de Paddington. À ses côtés, un clochard, égorgé lui aussi. Que faisaient là ensemble l'aristocrate parlementaire promis à un brillant avenir et l'homme déchu ?

Sous une apparence d'enquête « classique », un roman d'une exceptionnelle ambition, qui mêle mysticisme, vengeance et réflexions sur l'âme humaine, écheveau d'indices et de personnages que doit démêler le commandant Dalgliesh.

Sous la lumière cruelle
1986
Daniel Woodrell
Titre original : *Under the Bright Lights*
Traduction : *Frank Reichert*
Genre : *procédure policière*

Américain, né en 1953. Il s'engage dans les Marines à 17 ans. À sa sortie de l'armée, il pratique divers métiers, fréquente l'université du Kansas, puis se met à écrire. Ses premiers romans le classent dans le genre « country noir ». Il est également auteur de romans sur la guerre de Sécession (*Ride With the Devil*, adapté par Ang Lee sous le titre *Chevauchée avec le diable*).

« — Euh, dit Blanchette, les types qui n'ont pas l'habitude de repeindre les murs avec la cervelle des autres, ils se comportent parfois bizarrement, quand ça leur arrive. Les Français ont un mot pour ça, mais comme je ne le connais pas, j'appelle ça flipper. »

Éd. Rivages, 1990

Un cambrioleur pris sur le fait, une malencontreuse fusillade... Le hasard a voulu que la victime soit un jeune conseiller municipal noir aux ambitions politiques clairement affirmées. Il suffit de retrouver le cambrioleur, et basta... Mais l'affaire paraît trop simple à Rene Shade, le flic chargé de l'enquête. Des bas-fonds du quartier cajun de St Bruno aux eaux troubles des bayous qui entourent la ville, en passant par la mairie, une vision de la Louisiane qui mêle talent littéraire et thèmes « noirs ».

Le dahlia noir
1987
James Ellroy
Titre original : *Black Dahlia*
Traduction : *Freddy Michalski*
Genre : *noir*

Américain, né en 1948. À 10 ans, l'assassinat de sa mère par un homme qui ne sera jamais retrouvé va influer sur toute sa vie. Après avoir connu la prison, la drogue, il décide de se consacrer à l'écriture. La trilogie qui met en scène le sergent Lloyd Hopkins lui apporte le succès, et il consacre ensuite une série de romans à sa ville, Los Angeles. Son monde habité de fureur et de souffrance est un des plus étonnants du roman noir.

« [...] la bouche ouverte d'une oreille à l'autre en une plaie souriante qui vous grimaçait à la figure comme si elle voulait en quelque sorte tourner en dérision toutes les brutalités infligées au corps. Je sus que ce sourire me suivrait toujours et que je l'emporterais dans la tombe. »
Éd. Rivages, 1988

« J'ai essayé de construire mon livre sur un juste équilibre entre le sordide et la bonté », explique James Ellroy. *Le dahlia noir*, c'est cette jeune starlette retrouvée dans un terrain vague à Hollywood le 15 janvier 1947. Le corps a été coupé en deux, elle a été violée et torturée. Bleichert, le flic narrateur habité par sa passion obsessionnelle pour le Dahlia noir, c'est aussi Ellroy, qui, dans cette peinture hallucinée d'une ville où règnent la corruption morale et la perversion, nous livre également de magnifiques portraits de femmes.

Meurtres à Cardington Crescent
1987
Anne Perry
Titre original : *Cardington Crescent*
Traduction : *A. M. Carrière*
Genre : *énigme historique*

Née à Londres en 1938. Elle séjourne une dizaine d'années en Nouvelle-Zélande, puis s'expatrie en Californie. Après avoir exercé divers métiers, elle publie en 1979 son premier roman policier, qui met en scène l'inspecteur Pitt de Scotland Yard et sa femme Charlotte, et s'attache à montrer l'étouffant carcan de l'époque victorienne. Elle a également créé le personnage de William Monk, amnésique qui enquête sur son passé dans le Londres du XIXe siècle.

« [...] Emily, pour l'amour du ciel, réfléchissez ! je ne suis pas un criminel et je refuse de croire que vous ayez tué votre mari. Donc, l'assassin est parmi eux. Laissez-moi vous aider, s'il vous plaît ! »
Éd. 10/18, 2000

Georges March, un aristocrate séducteur invétéré, est découvert assassiné, et sa femme Emily accusée de meurtre. Mais c'est compter sans le fait qu'Emily est la sœur de Charlotte Pitt, jeune femme à la forte personnalité qui s'est mésalliée en épousant Thomas, simple inspecteur de police. On suit dans cette huitième enquête le couple Pitt de l'élégante résidence de Cardington Crescent aux bas-fonds londoniens, pour découvrir comme toujours les turpitudes d'une société qui méprise et maltraite les femmes.

Le silence des agneaux
1988
Thomas Harris
Titre original : *The Silence of the Lambs*
Traduction : *Monique Lebailly*
Genre : *thriller*
Prix : *Bram Stoker Award*

Américain, né en 1940. Il est d'abord journaliste, puis publie son premier roman, *Black Sunday*, en 1975. *Dragon rouge*, premier ouvrage mettant en scène le Dr Hannibal Lecter, lui apporte le succès. Maître de l'angoisse, créateur de personnages hors du commun, il demeure par ailleurs d'une étonnante discrétion.

« Dans la pénombre qui baignait le quartier des criminels, les odeurs semblaient plus intenses. Une télévision allumée, le son coupé, projetait l'ombre de Clarice Starling sur les barreaux de la cage du Dr Lecter.
Elle ne pouvait pas le voir, dans l'obscurité de sa cellule, mais elle ne demanda pas au gardien d'allumer. »
Éd. Albin Michel, 1990

Hannibal Lecter, Clarice Starling... Deux noms aujourd'hui mythiques, un personnage de sociopathe hors du commun qui a engendré de nombreux clones, et érigé le personnage du *serial killer* en figure obligée de la littérature policière.

Buffalo Bill tue, scalpe et écorche. Il vient d'enlever la fille d'un sénateur des États-Unis. Clarice Starling, étudiante en sciences du comportement au FBI, est envoyée auprès d'Hannibal Lecter, le psychiatre cannibale que Thomas Harris a créé dans son précédent roman, *Dragon rouge*, pour tenter de lui soutirer des renseignements. Mais quel crédit accorder aux indices que fournit Lecter ?

L'été de cristal
1989
Philip Kerr
Titre original : *March Violets*
Traduction : *Gilles Berton*
Genre : *noir*
Prix : *Prix du roman d'aventures*

Né à Édimbourg. Juriste de formation, il travaille dans la publicité puis devient journaliste free-lance en 1989. Il se lance dans l'écriture avec *L'été de cristal*, premier roman d'une *Trilogie berlinoise* qui lui a valu la renommée. Il se consacre ensuite plus particulièrement au thriller (*La tour d'Abraham, Cinq ans de réflexion*), faisant preuve d'une imagination débordante, et est aujourd'hui également auteur d'une série d'heroic fantasy pour les enfants.

« Ce matin, au coin de Friedrichstrasse et de Jägerstrasse, deux SA démontaient une des vitrines rouges où est affiché chaque nouveau numéro du *Stürmer*. *Der Stürmer* est le journal dirigé par Julius Streicher, le propagandiste antisémite le plus virulent du Reich. »

Éd. du Masque, 1993

Berlin, 1936. Pendant que la ville, et le pays, se préparent à accueillir les jeux Olympiques, Bernie Gunther, détective privé, est embauché par un gros industriel pour retrouver les bijoux de sa fille, assassinée en même temps que son mari... Roman noir ou polar historique ? Philip Kerr réussit plus qu'un hommage au « privé » de Hammett ou Chandler, cet homme ni pire ni meilleur qu'un autre, dénué d'illusions, qui œuvre quasiment seul dans un monde en décomposition... Ancien policier, vétéran du front turc, Bernie Gunther est cet homme-là, plongé dans l'atmosphère délétère de l'Allemagne nazie.

Le tableau du maître flamand
1990
Arturo Perez-Reverte
Titre original : *La tabla de Flandes*
Traduction : *Jean-Pierre Quijano*
Genre : *énigme*
Prix : *Grand Prix de littérature policière*

Espagnol, né à Carthagène en 1951. Journaliste de presse, de radio et de télévision, il a en tant que correspondant de guerre couvert l'essentiel des conflits internationaux. Sa carrière d'écrivain, entamée en 1986, est marquée par son goût de l'aventure, du mystère et de la reconstitution historique.

« Qui a tué le chevalier ? Comme une devinette, la phrase lui trottait dans la tête quand elle glissa dans son sac son rapport d'expertise et les photographies. Puis elle brancha l'alarme électronique et ferma à double tour la serrure de sûreté. *Quis necavit equitem ?* La phrase voulait certainement dire quelque chose. Mais quoi ? »

Éd. Jean-Claude Lattès, 1993

La partie d'échecs, huile sur bois de Peter Van Huys, 1471... Une scène d'intérieur, deux chevaliers assis de part et d'autre d'un échiquier et, en arrière-plan, une femme vêtue de noir qui lit un livre posé sur ses genoux. Et dans la partie inférieure, révélée seulement aujourd'hui par la radiographie, une question intrigante : *Qui a tué le chevalier ?* Dans cette intrigue en abyme, où les passions du XVIIe siècle semblent répondre à celles du XXe siècle, Julia, jeune restauratrice de tableaux, va se voir entraînée dans une étrange partie mortelle...

Cérémonies barbares
1990
Elizabeth George
Titre original : *Well-Schooled in Murder*
Traduction : *Dominique Wattwiller*
Genre : *procédure policière*

Américaine, née en 1949. Elle devient professeur de lettres et anime depuis 1988 des ateliers d'écriture. Son premier roman, *Enquête dans le brouillard*, remporte les plus prestigieux prix de littérature policière, et la propulse au premier plan. Tous ses romans se déroulent en Angleterre, et mettent en scène le couple d'enquêteurs Thomas Lynley / Barbara Havers, l'aristocrate et la prolétaire aux rapports parfois conflictuels.

« Jusqu'à cet instant, la mort de Matthew Whateley n'avait été aux yeux de Lynley qu'un moyen d'échapper à ses propres souffrances et de tromper le vide de son existence. Devant la souffrance gravée sur le visage de Kevin Whateley, il eut honte de ses motivations bassement égoïstes. Le vide véritable, il était là. »
Éd. des Presses de la Cité, 1993

Le corps nu du jeune Matthew Whately est découvert dans un cimetière de campagne, à quelques kilomètres de Bredgar Chambers, le collège où il était pensionnaire. Sur une trame qui est celle du roman anglais d'énigme classique, dans un décor qui en est presque l'archétype, Elizabeth George compose une œuvre bouleversante qui saccage les apparences, déchire le voile de la respectabilité et du conservatisme pour faire apparaître les abîmes de la perversion.

L'étage des morts
1990
Hugues Pagan
Genre : *noir*

Français, né en 1947. D'abord professeur de philosophie, il entre dans la police en 1973, « parce que c'était un observatoire social qui me paraissait et me paraît toujours magnifique ». Il terminera sa carrière en tant que commandant de police honoraire. Un des plus grands représentants du roman noir français, avec entre autres, *La mort dans une voiture solitaire*, *Dernière station avant l'autoroute*, *Boulevard des allongés*.

« Il y a des femmes et des hommes, et plus généralement des tas d'êtres humains, dont la vie paraît n'avoir été qu'une longue, une interminable agonie. »
Éd. Albin Michel, 1990

L'étage des morts, c'est un jeu de mots sur l'état-major, cette voix dans la nuit qui expédie les flics sur les scènes de crime. C'est le point de départ de la descente aux enfers d'un flic, qui tente de survivre dans un monde corrompu par l'argent, et où la mort, que l'on appelle quelquefois de ses vœux, « ne veut pas de ceux qui l'aiment trop »... L'écriture bouleversante de Pagan nous transmet toute l'émotion et la rage d'hommes qui tentent de ne pas sombrer, et de conserver un certain honneur.

Dirty week-end
1991
Helen Zahavi
Titre original : *Dirty Week-End*
Traduction : *Jean Esch*
Genre : *thriller*

> Anglaise, elle vit à Londres, où elle se partage entre l'écriture et la traduction d'ouvrages russes. *Dirty Week-End* provoqua une immense polémique à sa parution, et fit même l'objet d'une demande d'interdiction pour « immoralisme ». Le roman noir et le thriller regorgent d'hommes qui tuent, violent et mutilent des femmes, de scènes descriptives particulièrement complaisantes ; mais qu'une femme inverse le schéma, et voilà que son œuvre est « pernicieuse et honteuse »... Alors qu'il s'agit précisément d'un conte moral.

« — Prenez le couteau, insista-t-il. Prenez le couteau et prenez votre revanche.
— Il n'y a pas d'autre solution ?
— Aucune.
— Le meurtrier ou la victime ?
Il acquiesça lentement.
— Le boucher ou l'agneau. »
Éd. Phébus, 2000

Brighton, un été chaud et lourd. Un homme observe Bella. Non seulement, il l'observe, mais, au fil des saisons, il la poursuit, la harcèle, et Bella se calfeutre chez elle, comme toutes les Bella du monde... Jusqu'au jour où, en se réveillant, Bella comprend qu'elle n'en peut plus. Alors, un vendredi soir, elle s'introduit chez lui et le tue à coups de marteau. À partir de cet instant, plus personne ne peut arrêter Bella, et malheur aux hommes qui, croisant son chemin, chercheront à la transformer en victime...

Smilla et l'amour de la neige
1992
Peter Hoeg
Titre original : *Froken Smillas fornemmelse for sne*
Traduction : *Alain Gnaedig et Martine Selvadjian*
Genre : *thriller*

> Danois, né en 1957 à Copenhague. Après avoir été marin, danseur, acteur, il décide de se consacrer à l'écriture. Il a été baptisé « le Jules Verne danois moderne » pour son premier roman, *L'histoire des rêves danois*.

« On met en terre le cercueil de bois sombre. Il a l'air minuscule et une couche de neige le recouvre déjà. Les flocons ne sont pas plus gros que des petites plumes et, telle est la neige, elle n'est pas nécessairement froide. À présent, les cieux pleurent sur Esajas et leurs larmes se transforment en un duvet de givre pour le recouvrir. L'univers dépose sur lui un édredon afin qu'il n'ait plus jamais froid. »

Éd. du Seuil, Points, 1946

Un petit Groenlandais de 6 ans se tue en tombant d'un immeuble à Copenhague. Smilla Jaspersen connaissait le petit garçon, et n'est pas d'accord avec les conclusions de la police. De son enfance groenlandaise, Smilla a conservé l'amour, la connaissance de la neige et de ses traces : la mort de l'enfant ne peut pas être un accident. Mais pourquoi serait-elle liée à ces mystérieuses expéditions en direction de Gela Alta, sur la côte ouest du Groenland ? Un décor et un rythme qui nous emmènent sur des chemins inhabituels dans le thriller.

L'aliéniste
1994
Caleb Carr
Titre original : *The Alienist*
Traduction : *René Baldy et Jacques Martinache*
Genre : *thriller historique*
Prix : *Grand Prix de littérature policière et Prix Mystère de la critique*

Américain, né à New York en 1955. Il fait des études d'histoire. Spécialisé dans l'histoire militaire, il publie articles et essais avant de se lancer dans le roman policier avec cet *Aliéniste*, Laszlo Kreiszler, que l'on retrouve ensuite dans *L'ange des ténèbres*.

« Mais Laszlo ne m'écoutait pas, il continuait à penser à haute voix :
— Bien sûr, ils feront tout le nécessaire pour qu'il soit fou. Les médecins d'ici, la presse, les juges, tous voudront croire que seul un aliéné est capable de tirer une balle dans la tête d'une fillette de cinq ans. Cela poserait trop de... trop de problèmes d'admettre que notre société peut produire des hommes susceptibles de commettre de tels actes tout en étant sains d'esprit. »
Éd. Presses de la Cité, 1995

New York, fin du XIXe siècle. Le corps d'un adolescent horriblement mutilé est retrouvé sous le pont de Williamsburg. Celui-ci était un des prostitués des nombreux bordels de Manhattan. John Schuyler Moore, journaliste du *New York Times*, est appelé sur les lieux par son ami, le médecin aliéniste Laszlo Kreiszler. Theodore Roosevelt, nouveau chef de la police de New York, va faire appel à leurs services... Dans une société où la « psychologie » est encore balbutiante, de même que toutes les méthodes d'investigation scientifiques, et où le seul « tueur en série » connu se nomme Jack l'Éventreur, Caleb Carr met en scène magistralement toutes les interrogations de la société victorienne.

La séquence des corps
1995
Patricia Cornwell
Titre original : *The Body Farm*
Traduction : *Andrea Japp*
Genre : *thriller*

Américaine, née à Miami en 1956. Elle est d'abord chroniqueur judiciaire, puis informaticienne au bureau du médecin légiste de Virginie. Cette expérience l'amènera à créer Kay Scarpetta, premier personnage de femme médecin légiste, avec *Postmortem*, qui remporte en 1990 les quatre plus prestigieux prix de littérature policière.

« Marino alluma sa lampe torche, et la silhouette triste de l'ange se dessina contre la pénombre du matin, ailes repliées et la tête penchée pour une prière. Je déchiffrai l'épitaphe gravée à sa base :
"Il n'est nulle autre dans le monde,
La mienne était l'unique."
Marino murmura à mon oreille :
— Vous avez une idée de ce que ça veut dire ? »

Éd. des Deux Terres, 2006

Black Mountain, Caroline du Nord. Sur le chemin qui sépare l'église de sa maison, la petite Emily Steiner a été enlevée, torturée et assassinée, d'une façon qui rappelle le mode opératoire de Temple Gault, le tueur en série que poursuivent Kay Scarpetta, le lieutenant Marino et le profileur du FBI Benton Wesley. Novatrice car elle a mêlé à la fois la procédure policière, le suspense et les personnages de tueurs en série, Cornwell l'est également dans ses descriptions cliniques des autopsies et du métier de médecin légiste, tout autant que dans son refus de la description des meurtres – tout au moins dans ses premiers romans – et dans l'expression d'une très forte empathie avec les victimes.

Le chant des sirènes
1995
Val McDermid
Titre original : *The Mermaids' Singing*
Traduction : *Annie Hamel*
Genre : *thriller*
Prix : *Golden Dagger de la Crime Writers Association*

Écossaise, née en 1955. Journaliste pendant de nombreuses années, elle se consacre uniquement à l'écriture depuis 1991. Elle crée d'abord Lindsay Gordon, journaliste féministe, lesbienne et cynique, puis Kate Brannigan, détective privée à Manchester. Mais c'est le duo Tony Hill / Carol Jordan qui lui apporte le succès.

« L'exposition était un monument élevé à l'ingéniosité humaine. Comment ne pas admirer ces esprits qui connaissaient le corps humain au point d'être capables d'inventer une souffrance aussi subtile et aussi finement dosée ? »
Éd. du Masque, 1997

À Bradfield, ville du nord de l'Angleterre, quatre hommes sont retrouvés, torturés et mutilés. La police fait appel au psychiatre Tony Hill pour tenter de déterminer le profil du tueur. Premier roman de la série qui met en scène Carol Jordan et Tony Hill, *Le chant des sirènes* est d'une profonde originalité, à la fois par la personnalité de ses héros et la description de la complexité psychologique d'un tueur en série qui ne ressemble à aucun autre.

Le poète
1996
Michael Connelly
Titre original : *The Poet*
Traduction : *Jean Esch*
Genre : *thriller*
Prix : *Anthony Award, Prix Mystère de la critique*

Américain, né en 1956. Chroniqueur judiciaire au *Los Angeles Times*, il a reçu le prix Pulitzer pour ses reportages sur les émeutes de Los Angeles en 1992. Influencé tant par Chandler que par Wambaugh, il est le créateur de l'inspecteur Harry Bosch, et la ville de Los Angeles est au centre de son œuvre.

« Mais je dois avouer que les vers de Poe, ce soir-là, me remplirent d'effroi. Peut-être était-ce parce que je me trouvais seul dans une chambre d'hôtel, dans une ville que je ne connaissais pas. Peut-être était-ce parce que j'étais entouré de documents parlant de morts et de meurtres, ou parce que je sentais la présence proche de mon frère défunt. »

Éd. du Seuil, 1997

Le journaliste Jack McEvoy ne croit pas au suicide de son frère jumeau Sean. Celui-ci, retrouvé au volant de sa voiture, s'est tiré une balle dans la bouche : il n'aurait pas supporté son échec dans l'enquête sur le meurtre d'une jeune étudiante...

Mais que signifie cette inscription sur le pare-brise : « Hors de l'espace, hors du temps » ? Jack va remonter la piste d'indices inexpliqués, découvrir que d'autres flics se sont suicidés dans des circonstances similaires... et qu'il a affaire à un tueur qui signe ses meurtres de vers extraits de poèmes d'Edgar Allan Poe.

Le cercle de la croix
1998
Iain Pears
Titre original : *An Instance of the Fingerpost*
Traduction : *George-Michel Sarotte*
Genre : *énigme historique*

> Anglais, né en 1955. Historien d'art, journaliste, il se consacre à l'écriture depuis 1990, et a publié huit romans, quasiment tous inspirés par le milieu et l'histoire de l'art (*L'affaire Raphael, L'affaire Bernini*).

« Il n'est pas utile, me semble-t-il, de m'attarder trop sur ces événements. On ne traita atrocement et on lança contre moi des accusations ignobles. S'il est nécessaire et raisonnable que les criminels soient traités de telle façon, incarcérer et humilier les gentilshommes de cette manière brutale est impensable. »

Éd. Belfond, 1998

Oxford, 1663. Robert Grove, professeur au « New College », est assassiné. Sa servante, la jeune Sarah, est arrêtée et pendue... Mais quatre témoins vont successivement exposer leurs différentes versions. Et au fil des témoignages, la vérité va revêtir des aspects bien différents. Tableau de la vie intellectuelle en Angleterre au XVIIe siècle, ce puzzle passionnant fut comparé au *Nom de la rose*, sans doute à cause de son mélange d'érudition et d'intrigue policière.

L'homme à l'envers
1999
Fred Vargas
Genre : *suspense*

Française, née en 1957. Archéologue, elle publie en 1986 son premier roman policier, *Les jeux de l'amour et de la mort*, qui remporte le Prix du roman policier de Cognac, et dans lequel on trouve déjà en germe ce qui fera son succès, un ton et des personnages décalés, dans un monde proche du « réalisme poétique ». Elle crée en 1991 le commissaire Adamsberg, puis Louis Kehlweiler, que l'on retrouve dans plusieurs enquêtes.

« — C'est vrai, Lawrence ?
— Vrai. L'autre soir, pendant que tu réparais la fuite. Elle dit que c'est un foutu connard de loup-garou qui saigne toute la région. Que c'est pour ça que les dents ne sont pas normales. »
Éd. Viviane Hamy, 1999

« Les loups du Mercantour passent une fois de plus à l'attaque... » À Paris, le commissaire Adamsberg, fasciné, écoute le reportage consacré à l'animal, qui suscite bien des polémiques. Et si ce n'était pas un loup, qui tue les brebis, mais un loup-garou ? La rumeur enfle... Elle va bientôt se transformer en psychose, quand on va retrouver une éleveuse égorgée dans sa bergerie.

Un fleuve de ténèbres
1999
Rennie Airth
Titre original : *River of Darkness*
Traduction : *Jean Rosenthal*
Genre : *thriller*
Prix : *Grand Prix de la littérature policière*

> Afrikaner, né en 1935. Correspondant de l'agence Reuters pendant de nombreuses années, il se consacre ensuite au cinéma. Il publie son premier roman en 1969. La découverte d'un album de famille et de notes du fils aîné de ses grands-parents mort à la guerre de 1914 lui donne l'idée d'un thriller, dont l'enquêteur aurait survécu à cette guerre.

« — C'est différent cette fois-ci, n'est-ce pas ? fit-il en observant Madden pour voir comment il allait réagir.
— Comment ça : différent ?
— Vous n'avez encore jamais eu d'affaire comme ça, reconnaissez-le. Toute une maisonnée massacrée, et pour quoi ? Un peu d'argenterie ? Ça ne tient pas debout... »
Éd. de Fallois, 2000

1921. Dans le cadre idyllique d'un manoir du Surrey, une boucherie : le colonel Fletcher, sa femme et deux de leurs domestiques ont été sauvagement assassinés. Crime de rôdeur ? Peu probable. L'inspecteur John Madden, de Scotland Yard, éprouve très vite le sentiment d'avoir affaire à un tueur psychopathe. Madden a vécu la Première Guerre, et il sait les ravages de celle-ci dans la tête des hommes... Une combinaison parfaitement réussie, qui mêle les personnages familiers du roman d'énigme classique à la réalité terrifiante des tueurs en série.

Le silence des survivants
2000
Andrea H. Japp
Genre : *thriller*

Française, née en 1957. Toxicologue, biochimiste, elle se lance dans le roman policier avec *La Bostonienne*, Prix du roman policier de Cognac 1991. Créatrice des thrillers consacrés à la mathématicienne Gloria Parker-Simmons (*La parabole du tueur*, *Le sacrifice du papillon*), auteur de nouvelles et de scénarios, elle a entamé en 2006 un cycle de romans médiévaux qui se déroulent dans la France du XIVe siècle (*Les chemins de la Bête*, *Monestarium*).

« — Vous êtes profileur ?
— En quelque sorte, oui.
— C'est-à-dire ?
— J'ai suffisamment pataugé dans l'âme humaine pour en connaître tous les recoins, des plus sublimes aux plus terrorisants. Une expérience sur le tas, en quelque sorte. »

Éd. du Masque, 2000

Sok Bopah, rescapée des Khmers rouges, est devenue Isabel Kaplan, mère de famille américaine modèle. Simon, qui a survécu aux camps nazis, est devenu un grand-père indulgent. Mais le tueur en série qui s'attaque à la fille d'Isabel, la petite-fille de Simon, ne sait pas que loin de les transformer en victimes, il va au contraire réveiller chez eux l'instinct qui leur a permis de survivre... Une traque hallucinante, qui concentre les caractéristiques de l'œuvre de Japp : une mécanique parfaite au service d'une compassion et d'une empathie qui compensent la noirceur.

Da Vinci Code
2002
Dan Brown
Titre original : *Da Vinci Code*
Traduction : *Daniel Roche*
Genre : *thriller*

Américain, né en 1964. Professeur de lettres et historien d'art, il décide de se lancer dans l'écriture au début des années 1990. Il crée dans son second roman, *Anges et démons*, le personnage de Robert Langdon, universitaire spécialisé dans la symbolique religieuse. Mais c'est le *Da Vinci Code*, son quatrième roman, qui déchaîne les passions : des milliers de lecteurs, des centaines d'interprétations et de polémiques ; un roman policier aura rarement provoqué un pareil engouement...

« Une soudaine explosion de fureur étincela dans les yeux rouges du moine. Il abattit brusquement le lourd candélabre. En s'effondrant, la petite sœur fut saisie d'une angoisse indicible.
Ils sont tous morts. La précieuse vérité est à jamais perdue. »
  Éd. Jean-Claude Lattès, 2004

Que dire d'un tel « phénomène » ? Bien entendu, il appartient au genre policier : un cadavre, un message ésotérique, un mystérieux prêtre albinos, un professeur d'université, un flic, des poursuivants... Il pourrait s'agir du *Diabolique Dr Fu-Manchu*, ou des *Trente-neuf marches*, mais ce romanci se déroule en 2001, à Paris... Héritier de la littérature populaire tout autant que des *X-Files*, le *Da Vinci Code* est tout cela à la fois, et nous entraîne à la recherche d'un complot ou d'un secret millénaire, sur un rythme infernal... Et ce secret est-il vraiment à prendre plus au sérieux que le secret des rois de France d'Arsène Lupin ?

Shutter Island
2003
Dennis Lehane
Titre original : *Shutter Island*
Traduction : *Isabelle Maillet*
Genre : *suspense*

Américain, né en 1965. Après avoir exercé divers métiers, il se consacre à l'écriture, créant dans *Un dernier verre avant la guerre*, en 1994, un attachant duo de détectives privés, Patrick Kenzie et Angie Gennaro. Mais c'est *Mystic River*, en 2001, adapté par Clint Eastwood avec Sean Penn et Tim Robbins, qui lui apporte le succès. Traversés par les thèmes de la culpabilité, des blessures de l'enfance qu'il faut surmonter, ses romans très noirs n'en demeurent pas moins habités par l'amitié et l'espoir.

« Quand Teddy se retourna une dernière fois, il vit Rachel le regarder droit dans les yeux tandis qu'elle se cambrait au maximum et continuait de hurler, les tendons saillant sur sa gorge, la bouche luisante de sang et de salive mêlés – de hurler comme si tous les morts du siècle enjambaient la fenêtre et s'approchaient de son lit. »

Éd. Rivages, 2003

Shutter Island : une île au large de Boston, où est installé un hôpital psychiatrique qui abrite des pensionnaires particulièrement dangereux. Rachel Solando, schizophrène, convaincue que ses trois enfants, qu'elle a tués, sont toujours vivants, a disparu, alors qu'elle était enfermée dans sa cellule... Les autorités font appel au marshal Teddy Daniels, qui débarque avec son adjoint Chuck Aule. Mais les deux enquêteurs ne disposent guère d'autre indice qu'une feuille de papier couverte de chiffres et de lettres. Un « suspense » d'une efficacité redoutable, qui nous emmène de rebondissement en rebondissement.

Millénium – Les hommes qui n'aimaient pas les femmes
2005
Stieg Larsson
Titre original : *Män som hatar knivvor*
Traduction : *Lena Grumbach et Marc de Gouvenain*
Genre : *énigme*

Suédois, né en 1954. Journaliste, militant socialiste, auteur d'essais politiques et économiques, grand amateur de science-fiction, il n'aura malheureusement pas le temps d'être témoin du succès phénoménal de sa trilogie *Millénium – Les hommes qui n'aimaient pas les femmes, La fille qui rêvait d'un bidon d'essence et d'une allumette, La reine dans le palais des courants d'air* – dont il avait entamé l'écriture en 2001. Il décède d'un infarctus en 2004, avant la parution du premier volume.

« Depuis leur tout premier entretien, le vieil homme avait parlé de sa famille dans des termes si méprisants et dégradants que c'en était bizarre. Mikael s'était demandé si les soupçons du patriarche envers sa famille concernant la disparition de Harriet avaient fait flancher sa jugeote, mais maintenant, il commençait à comprendre que Henrik Vanger avait en réalité une appréciation d'une clairvoyance stupéfiante. »

Éd. Actes Sud, 2006

Henrik Vanger, un vieil industriel à qui un inconnu rappelle tous les ans la mystérieuse disparition de sa petite-nièce, quarante ans auparavant, fait appel à Mikael Blomkvist, le rédacteur de *Millénium*, revue d'investigations sociales et économiques, qui vient d'être condamné pour diffamation. Celui-ci engage Lisbeth Salander, une jeune femme hors norme, qui possède une mémoire exceptionnelle. Multiplicité des personnages, rebondissements, volonté de mêler roman criminel, peinture sociale et plaisir du lecteur : un premier tome époustouflant.

Index des ouvrages

À tous les râteliers, 60
Affaire Lerouge (L'), 8
Aiguille creuse (L'), 14
Aliéniste (L'), 96
Analphabète (L'), 68
Assassin habite au 21 (L'), 36
Bigame innocent (Le), 45
Capuchon du moine (Le), 72
120, rue de la Gare, 39
Cercle de la croix (Le), 100
Cérémonies barbares, 92
Chambre ardente (La), 31
Chant des sirènes (Le), 98
Chronique d'une mort assurée, 78
Clairvoyance du père Brown (La), 15
Crépuscule des flics (Le), 75
Crime, 51
Crime et châtiment, 9
Da Vinci Code, 104
Dahlia noir (Le), 87
Dame dans l'auto avec des lunettes et un fusil (La), 59
Danse de l'ours (La), 81
De sang-froid, 58
Diabolique Fu-Manchu (Le), 19
Dirty week-end, 94
Disparus de Saint-Agil (Les), 28
Double assassinat dans la rue Morgue, 7
Espion qui venait du froid (L'), 54
Et le huitième jour, 56
Étage des morts (L'), 93
Été de cristal (L'), 90
Facteur sonne toujours deux fois (Le), 27
Fantômas, 17
Femme du dimanche (La), 63
Flood, 83
Gardénia rouge, 33
Grand sommeil (Le), 34
Heure blafarde (L'), 40
Homme à l'envers (L'), 101
Homme au balcon (L'), 61
Huit millions de façons de mourir, 79
Il est mort les yeux ouverts, 80
Inconnu du Nord-Express (L'), 47
J'ai tué Kennedy, 64
J'aurai ta peau, 44
Jeu de massacre, 41
Là où dansent les morts, 65
Laidlaw, 69

Laura, 38
Loi de la cité (La), 74
Lord Peter et l'inconnu, 20
Lune dans le caniveau (La), 49
Main perdue (La), 41
Mariée rouge (La), 70
Masque de Dimitrios (Le), 35
Massacre du Maine (Le), 82
Méchant garcon, 66
Métropolice, 84
Meurtre de Roger Ackroyd (Le), 22
Meurtres à Cardington Crescent, 88
1275 âmes, 57
Millénium – Les hommes qui n'aimaient pas les femmes, 106
Moisson rouge (La), 24
Monastère hanté (Le), 55
Mortelle randonnée, 73
Mouchard (Le), 21
Mr Ashenden, agent secret, 23
Mystère d'Edwin Drood (Le), 11
Mystère de la chambre jaune (Le), 13
Nécropolis, 67
Nom de la rose (Le), 71
On ne meurt que deux fois, 80
Pas d'orchidées pour miss Blandish, 37
Pierre de lune (La), 10
Pigeon récalcitrant (Le), 48

Poète (Le), 99
Poids du monde (Le), 62
Position du tireur couché (La), 76
Préméditation, 26
Prince de New York (Le), 77
Quand la ville dort, 46
Rebecca, 32
Reine des pommes (La), 52
Séquence des corps (La), 97
Service des Affaires classées, 42
Shutter Island, 105
Silence des agneaux (Le), 89
Silence des survivants (Le), 103
Sinistre main droite (La), 41
Smilla et l'amour de la neige, 95
Sonneur (Le), 50
Sous la lumière cruelle, 86
Sueurs froides, 53
Tableau du maître flamand (Le), 91
Tête d'un homme (La), 25
Trente-neuf marches (Les), 16
Tuer ma solitude, 43
Tueur à gages, 29
Un certain goût pour la mort, 85
Un étrange locataire, 18
Un fleuve de ténèbres, 102
Un linceul n'a pas de poches, 30
Une étude en rouge, 12

Index des auteurs

Airth Rennie, 102
Allain Marcel, 17
Ambler Eric, 35
Behm Marc, 73
Belloc Lowndes Marie Adelaïde, 18
Block Lawrence, 79
Boileau Pierre, 53
Brown Dan, 104
Buchan John, 16
Burnett William, 46
Cain James, 27
Capote Truman, 58
Carr Caleb, 96
Carr John Dickson, 31
Caspary Vera, 38
Chandler Raymond, 34
Chase James Hadley, 37
Chesterton Gilbert Keith, 15
Christie Agatha, 22
Collins Wilkie, 10
Connelly Michael, 99
Cook Robin, 80
Cornwell Patricia, 97
Crumley James, 81
Daeninckx Didier, 84
Daley Robert, 77
Dickens Charles, 11
Dostoïevski Fiodor, 9

Doyle Arthur Conan (Sir), 12
Du Maurier Daphné, 32
Eco Umberto, 71
Ellroy James, 87
Fruttero Carlo, 63
Gaboriau Émile, 8
Gardner Erle Stanley, 45
George Elizabeth, 92
Goodis David, 49
Greene Graham, 29
Hammett Dashiell, 24
Hansen Joseph, 62
Harris Thomas, 89
Highsmith Patricia, 47
Hillerman Tony, 65
Himes Chester, 52
Hoeg Peter, 95
Hughes Dorothy B., 43
Iles Francis, 26
Irish William, 40
James Phyllis Dorothy, 85
Jaouen Hervé, 70
Japp Andrea H., 103
Japrisot Sébastien, 59
Kerr Philip, 90
Larsson Stieg, 106
Latimer Jonathan, 33
Le Carré John, 54
Leblanc Maurice, 14

Lehane Dennis, 105
Leonard Elmore, 74
Leroux Gaston, 13
Levin Meyer, 51
Lieberman Herbert, 67
Lucentini Franco, 63
Malet Léo, 39
Manchette Jean-Patrick, 76
Maugham Somerset, 23
McBain Ed, 50
McCoy Horace, 30
McDermid Val, 98
McIlvanney William, 69
Narcejac Thomas, 53
O'Flaherty Liam, 21
Pagan Hugues, 93
Paretsky Sara, 78
Pears Iain, 100
Perez-Reverte Arturo, 91
Perry Anne, 88
Peters Ellis, 72
Poe Edgar Allan, 7
Queen Ellery, 56
Rendell Ruth, 68
Rogers Joel Townsley, 41

Rohmer Sax, 19
Sayers Dorothy L., 20
Scerbanenco Giorgio, 60
Simenon Georges, 25
Sjöwahll Maj, 61
Souvestre Pierre, 17
Spillane Mickey, 44
Steeman Stanislas André, 36
Thompson Jim, 57
Vachss Andrew, 83
Van De Wetering Janwillem, 82
Van Gulik Robert, 55
Vance Jack, 66
Vargas Fred, 101
Vásquez Montalbán Manuel, 64
Véry Pierre, 28
Vickers Roy, 42
Wahlöö Per, 61
Wambaugh Joseph, 75
Westlake Donald, 48
Woodrell Daniel, 86
Zahavi Helen, 94

NOIR ET POLICIER

James M. Cain
Le bébé dans le frigidaire
et autres nouvelles - n° 238

Didier Daeninckx
Main courante - n° 161
Les figurants - n° 243
Les sorciers de la Bessède et
autres nouvelles noires

**Daeninckx, Quint, Jonquet
et Pouy**
Villes noires - n° 693

Arthur Conan Doyle
Sherlock Holmes :
La bande mouchetée *suivi de
trois autres récits* - n° 5
Le rituel des Musgrave *suivi de
trois autres récits* - n° 34
La cycliste solitaire *suivi de
trois autres récits* - n° 51
Une étude en rouge - n° 69
Les six napoléons *suivi de
trois autres récits* - n° 84
Le chien des Baskerville - n° 119
Un scandale en Bohême *suivi de
trois autres récits* - n° 138
Le signe des Quatre - n° 162
Le diadème de Béryls *suivi de
trois autres récits* - n° 202
Le problème final *précédé de
trois autres récits* - n° 229
Les hommes dansants *suivi de
trois autres récits* - n° 283

Dashiell Hammett
On ne peut vous pendre qu'une
fois *et autres enquêtes de Sam
Spade* - n° 694

Jean-Claude Izzo
Vivre fatigue *et autres nouvelles* -
n° 208

Andrea H. Japp
Le septième cercle - n° 312
La dormeuse en rouge - n° 550

Thierry Jonquet
Le pauvre nouveau est arrivé ! -
n° 223
Le bal des débris - n° 413

Michel Leydier
Noires américaines - n° 461

Daniel Picouly
Tête de nègre - n° 209

Pierre Siniac
L'affreux joujou - n° 438

Maud Tabachnik
Lâchez les chiens ! - n° 373
Home, Sweet Home - n° 451

François Thomazeau
Qui a brûlé le Diable ? - n° 512

Fred Vargas
Salut et liberté *suivi de*
La nuit des brutes - n° 547

LE POULPE
Georges J. Arnaud
L'antizyklon des atroces - n° 500

Cesare Battisti
J'aurai ta Pau - n° 486

José-Louis Bocquet
Zarmageddon - n° 487

Emma Christa
Les ravies au lit - n° 543

Didier Daeninckx
Nazis dans le métro - n° 222
Éthique en toc - n° 528

Gérard Delteil
Chili incarné - n° 272

Pascal Dessaint
Les pis rennais - n° 258

Gérard Lefort
Vomi soit qui malle y pense -
n° 472

Andreu Martin
Vainqueurs et cons vaincus -
n° 501

Guillaume Nicloux
Le saint des seins - n° 304

Jean-Bernard Pouy
La petite écuyère a cafté - n° 206

Hervé Prudon
Ouarzazate et mourir - n° 288

Patrick Raynal
Arrêtez le carrelage - n° 207

Jean-Jacques Reboux
La cerise sur le gâteux - n° 237

Noël Simsolo
Un travelo nommé désir - n° 473

Martin Winckler
Touche pas à mes deux seins -
n° 559

ANTHOLOGIES
Toutes les femmes sont fatales
*De Sparkle Hayter à Val
McDermid, 7 histoires de sexe et
de vengeance* - n° 632

Présenté par Roger Martin
La dimension policière
9 nouvelles de Hérodote à Vautrin -
n° 349

CATALOGUE LIBRIO (extraits)
LITTÉRATURE

Hans-Christian Andersen
La petite sirène *et autres contes* - n° 682

Anonyme
Tristan et Iseut - n° 357
Roman de Renart - n° 576
Les Mille et Une Nuits :
Sindbad le marin - n° 147
Aladdin ou la lampe merveilleuse - n° 191
Ali Baba et les quarante voleurs *suivi de* Histoire du cheval enchanté - n° 298

Guillaume Apollinaire
Les onze mille verges - n° 737

Fernando Arrabal
Lettre à Fidel Castro - n° 656

Isaac Asimov
La pierre parlante *et autres nouvelles* - n° 129

Richard Bach
Jonathan Livingston le goéland - n° 2
Le messie récalcitrant (Illusions) - n° 315

Honoré de Balzac
Le colonel Chabert - n° 28
Ferragus, chef des Dévorants - n° 226
La vendetta *suivi de* La bourse - n° 302

Jules Barbey d'Aurevilly
Le bonheur dans le crime *suivi de* La vengeance d'une femme - n° 196

René Barjavel
Béni soit l'atome *et autres nouvelles* - n° 261

James M. Barrie
Peter Pan - n° 591

Frank L. Baum
Le magicien d'Oz - n° 592

Nina Berberova
L'accompagnatrice - n° 198

Bernardin de Saint-Pierre
Paul et Virginie - n° 65

Patrick Besson
Lettre à un ami perdu - n° 218
28, boulevard Aristide-Briand *suivi de* Vacances en Botnie - n° 605

Pierre Bordage
Les derniers hommes :
1. Le peuple de l'eau - n° 332
2. Le cinquième ange - n° 333
3. Les légions de l'Apocalypse - n° 334
4. Les chemins du secret - n° 335
5. Les douze tribus - n° 336
6. Le dernier jugement - n° 337
Nuits-lumière - n° 564

Ray Bradbury
Celui qui attend *et autres nouvelles* - n° 59

Lewis Carroll
Les aventures d'Alice au pays des merveilles - n° 389
Alice à travers le miroir - n° 507

Jacques Cazotte
Le diable amoureux - n° 20

Adelbert de Chamisso
L'étrange histoire de Peter Schlemihl - n° 615

Andrée Chedid
Le sixième jour - n° 47
L'enfant multiple - n° 107
L'autre - n° 203
L'artiste *et autres nouvelles* - n° 281
La maison sans racines - n° 350

Arthur C. Clarke
Les neuf milliards de noms de Dieu *et autres nouvelles* - n° 145

Colette
Le blé en herbe - n° 7

Joseph Conrad
Typhon - n° 718

Benjamin Constant
Adolphe - n° 489

Savinien de Cyrano de Bergerac
Lettres d'amour et d'humeur - n° 630

Maurice G. Dantec
Dieu porte-t-il des lunettes noires ? *et autres nouvelles* - n° 613

Alphonse Daudet
Lettres de mon moulin - n° 12
Tartarin de Tarascon - n° 164

Philippe Delerm
L'envol *suivi de* Panier de fruits - n° 280

Virginie Despentes
Mordre au travers - n° 308
(pour lecteurs avertis)

Philip K. Dick
Les braconniers du cosmos *et autres nouvelles* - n° 92

Denis Diderot
Le neveu de Rameau - n° 61
La religieuse - n° 311

Fiodor Dostoïevski
L'éternel mari - n° 112
Le joueur - n° 155

Alexandre Dumas
La femme au collier de velours - n° 58

Francis Scott Fitzgerald
Le pirate de haute mer
et autres nouvelles - n° 636

Gustave Flaubert
Trois contes - n° 45
Passion et vertu
et autres textes de jeunesse - n° 556

Cyrille Fleischman
Retour au métro Saint-Paul - n° 482

Théophile Gautier
Le roman de la momie - n° 81
La morte amoureuse *suivi de* Une nuit de Cléopâtre - n° 263

J.W. von Goethe
Faust - n° 82

Nicolas Gogol
Le journal d'un fou *suivi de* Le portrait *et de* La perspective Nevsky - n° 120
Le manteau *suivi de* Le nez - n° 691

Jacob Grimm
Blanche-Neige *et autres contes* - n° 248

Pavel Hak
Sniper - n° 648

Homère
L'Odyssée *(extraits)* - n° 300
L'Iliade *(extraits)* - n° 587

Michel Houellebecq
Rester vivant *et autres textes* - n° 274
Lanzarote *et autres textes* - n° 519
(pour lecteurs avertis)

Victor Hugo
Le dernier jour d'un condamné - n° 70
La légende des siècles
(extraits) - n° 341

Henry James
Le tour d'écrou - n° 200

Franz Kafka
La métamorphose *suivi de* Dans la colonie pénitentiaire - n° 3

Stephen King
Le singe *suivi de* Le chenal - n° 4
Danse macabre :
Celui qui garde le ver
et autres nouvelles - n° 193
Cours, Jimmy, cours
et autres nouvelles - n° 214
L'homme qu'il vous faut
et autres nouvelles - n° 233
Les enfants du maïs
et autres nouvelles - n° 249

Rudyard Kipling
Les frères de Mowgli
et autres nouvelles de la jungle - n° 717

Madame de La Fayette
La princesse de Clèves - n° 57

Jean de La Fontaine
Contes libertins - n° 622

Howard P. Lovecraft
Les autres dieux
et autres nouvelles - n° 68

Marco Polo
Le Livre des merveilles du monde - n° 727

Richard Matheson
La maison enragée *et autres nouvelles fantastiques* - n° 355

Guy de Maupassant
Le Horla - n° 1
Boule de Suif
et autres nouvelles - n° 27
Une partie de campagne
et autres nouvelles - n° 29
Une vie - n° 109
Pierre et Jean - n° 151
Contes noirs - La petite Roque
et autres nouvelles - n° 217
Le Dr Héraclius Gloss
et autres histoires de fous - n° 282
Miss Harriet *et autres nouvelles* - n° 318

Prosper Mérimée
Carmen *suivi de* Les âmes du purgatoire - n° 13
Mateo Falcone *et autres nouvelles* - n° 98
Colomba - n° 167
La Vénus d'Ille *et autres nouvelles* - n° 236

Alberto Moravia
Le mépris - n° 87
Histoires d'amour - n° 471 (...)

Gérard de Nerval
Aurélia *suivi de* Pandora - n° 23
Sylvie *suivi de* Les chimères *et de* Odelettes - n° 436

Charles Perrault
Contes de ma mère l'Oye - n° 32

Edgar Allan Poe
Double assassinat dans la rue Morgue *suivi de* Le mystère de Marie Roget - n° 26
Le scarabée d'or *suivi de*
La lettre volée - n° 93
Le chat noir *et autres nouvelles* -

n° 213
La chute de la maison Usher *et autres nouvelles* - n° 293
Ligeia *suivi de* Aventure sans pareille d'un certain Hans Pfaall - n° 490

Alexandre Pouchkine
La fille du capitaine - n° 24
La dame de pique *suivi de* Doubrovsky - n° 74

Abbé Antoine-François Prévost
Manon Lescaut - n° 94

Marcel Proust
Sur la lecture - n° 375
La confession d'une jeune fille - n° 542

Raymond Radiguet
Le diable au corps - n° 8

Vincent Ravalec
Les clés du bonheur, Du pain pour les pauvres *et autres nouvelles* - n° 111
Pour une nouvelle sorcellerie artistique - n° 502
Ma fille a 14 ans - n° 681

Jules Renard
Poil de Carotte - n° 25
Histoires naturelles - n° 134

Marquis de Sade
Les infortunes de la vertu - n° 172

George Sand
La mare au diable - n° 78

Ann Scott
Poussières d'anges - n° 524

Comtesse de Ségur
Les malheurs de Sophie - n° 410

Robert Louis Stevenson
L'étrange cas du Dr Jekyll et de Mr Hyde - n° 113

Jonathan Swift
Le voyage à Lilliput - n° 378

Anton Tchekhov
La cigale *et autres nouvelles* - n° 520
Histoire de rire *et autres nouvelles* - n° 698

Léon Tolstoï
La mort d'Ivan Ilitch - n° 287
Enfance - n° 628

Ivan Tourgueniev
Premier amour - n° 17
Les eaux printanières - n° 371

Henri Troyat
La neige en deuil - n° 6
Viou - n° 284

François Truffaut
L'homme qui aimait les femmes - n° 655

Zoé Valdés
Un trafiquant d'ivoire, quelques pastèques *et autres nouvelles* - n° 548

Fred Vargas
Petit traité de toutes vérités sur l'existence - n° 586

Jules Verne
Les forceurs de blocus - n° 66
Le château des Carpathes - n° 171
Les Indes noires - n° 227
Une ville flottante - n° 346

Villiers de l'Isle-Adam
Contes au fer rouge - n° 597

Voltaire
Candide - n° 31
Zadig ou la Destinée *suivi de* Micromégas - n° 77
L'Ingénu *suivi de* L'homme aux quarante écus - n° 180
La princesse de Babylone - n° 356
Jeannot et Colin *et autres contes philosophiques* - n° 664

Oscar Wilde
Le fantôme de Canterville *suivi de* Le prince heureux, Le géant égoïste *et autres nouvelles* - n° 600

Émile Zola
La mort d'Olivier Bécaille *et autres nouvelles* - n° 42
Naïs Micoulin *suivi de* Pour une nuit d'amour - n° 127
L'attaque du moulin *suivi de* Jacques Damour - n° 182

ANTHOLOGIES
Le haschich
De Rabelais à Jarry, 7 écrivains parlent du haschich - n° 582

Inventons la paix
8 écrivains racontent... - n° 338
Amour, désir, jalousie - n° 617
Pouvoir, ambition, succès - n° 657

Toutes les femmes sont fatales
De Sparkle Hayter à Val McDermid, 7 histoires de sexe et de vengeance - n° 632

Présenté par Estelle Doudet
L'amour courtois et la chevalerie
Des troubadours à Chrétien de Troyes - n° 641

Présenté par Estelle Doudet
Les Chevaliers de la Table ronde - n° 709

Présenté par Irène Frain
Je vous aime

Anthologie des plus belles lettres d'amour - n° 374

Présenté par Jean-Jacques Gandini
Les droits de l'homme
Textes et documents - n° 250

Présenté par Gaël Gauvin
Montaigne - n° 523

Présentés par Sébastien Lapaque
Rabelais - n° 483
Malheur aux riches ! - n° 504

Françoise Morvan
Lutins et lutines - n° 528
J'ai vu passer dans mon rêve
Anthologie de la poésie française - n° 530
Les sept péchés capitaux :
Orgueil - n° 414
Envie - n° 415
Avarice - n° 416
Colère - n° 418
Gourmandise - n° 420

Présenté par Jérôme Leroy
L'école de Chateaubriand à Proust - n° 380

Présentés par Roger Martin
La dimension policière - *9 nouvelles de Hérodote à Vautrin* - n° 349

Présentée par Philippe Oriol
J'accuse ! de Zola et autres documents - n° 201

Présentées par Jean d'Ormesson
Une autre histoire de la littérature française :
Le Moyen Âge et le XVIᵉ siècle - n° 387
Le théâtre classique - n° 388
Les écrivains du grand siècle - n° 407
Les Lumières - n° 408
Le romantisme - n° 439
Le roman au XIXᵉ siècle - n° 440
La poésie au XIXᵉ siècle - n° 453
La poésie à l'aube du XXᵉ siècle - n° 454
Le roman au XXᵉ siècle : Gide, Proust, Céline, Giono - n° 459
Écrivains et romanciers du XXᵉ siècle - n° 460

Présenté par Guillaume Pigeard de Gurbert
Si la philosophie m'était contée
De Platon à Gilles Deleuze - n° 403

En coédition avec le Printemps des Poètes
Lettres à la jeunesse
10 poètes parlent de l'espoir - n° 571

Présentés par Barbara Sadoul
La dimension fantastique – 1
13 nouvelles fantastiques de Hoffmann à Seignolle - n° 150
La dimension fantastique – 2
6 nouvelles fantastiques de Balzac à Sturgeon - n° 234
La dimension fantastique – 3
10 nouvelles fantastiques de Flaubert à Jodorowsky - n° 271
Les cent ans de Dracula
8 histoires de vampires de Goethe à Lovecraft - n° 160
Un bouquet de fantômes - n° 362
Gare au garou !
8 histoires de loups-garous - n° 372
Fées, sorcières et diablesses
13 textes de Homère à Andersen - n° 544
La solitude du vampire - n° 611

Présentés par Jacques Sadoul
Une histoire de la science-fiction :
1901-1937 : Les premiers maîtres - n° 345
La science-fiction française (1950-2000) - n° 485

Présenté par Tiphaine Samoyault
Le chant des sirènes
De Homère à H.G. Wells - n° 666

Présenté par Bernard Vargaftig
La poésie des romantiques - n° 262

Présentée par Anne-France Hubau et Roger Lenglet
Le dernier mot - n° 722

Présentée par Marianne Goeury et Sophie Bardin
La littérature nord-américaine - n° 734

POÉSIE

Charles Baudelaire
Les fleurs du mal - n° 48
Le spleen de Paris - *Petits poèmes en prose* - n° 179
Les paradis artificiels - n° 212

Marie de France
Le lai du Rossignol *et autres lais courtois* - n° 508

Michel Houellebecq
La poursuite du bonheur - n° 354

Jean-Claude Izzo
Loin de tous rivages - n° 426
L'aride des jours - n° 434

Jean de La Fontaine
Le lièvre et la tortue *et autres fables* - n° 131

Taslima Nasreen
Femmes
Poèmes d'amour et de combat - n° 514

Arthur Rimbaud
Le Bateau ivre *et autres poèmes* - n° 18
Les Illuminations *suivi de* Une saison en enfer - n° 385

Saint Jean de la Croix
Dans une nuit obscure - *Poésie mystique complète* - n° 448

(édition bilingue français-espagnol)

Yves Simon
Le souffle du monde - n° 481

Paul Verlaine
Poèmes saturniens *suivi de* Fêtes galantes - n° 62
Poèmes érotiques - n° 257

ANTHOLOGIES

Présenté par Sébastien Lapaque
J'ai vu passer dans mon rêve
Anthologie de la poésie française - n° 530

En coédition avec le Printemps des Poètes
Lettres à la jeunesse
10 poètes parlent de l'espoir - n° 571

Présenté par Bernard Vargaftig
La poésie des romantiques - n° 262

Présenté par Marie-Anne Just
Les plus beaux poèmes d'amour - n° 695

THÉÂTRE

Anonyme
La farce de maître Pathelin *suivi de* La farce du cuvier - n° 580

Beaumarchais
Le barbier de Séville - n° 139
Le mariage de Figaro - n° 464

Jean Cocteau
Orphée - n° 75

Pierre Corneille
Le Cid - n° 21
L'illusion comique - n° 570

Euripide
Médée - n° 527

Victor Hugo
Lucrèce Borgia - n° 204
Ruy Blas - n° 719

Alfred Jarry
Ubu roi - n° 377

Eugène Labiche
Le voyage de M. Perrichon - n° 270

Marivaux
La dispute *suivi de* L'île des esclaves - n° 477
Le jeu de l'amour et du hasard - n° 604

Molière
Dom Juan ou le festin de pierre - n° 14
Les fourberies de Scapin - n° 181
Le bourgeois gentilhomme - n° 235
L'école des femmes - n° 277
L'avare - n° 339
Tartuffe - n° 476
Le malade imaginaire - n° 536
Les femmes savantes - n° 585
Le médecin malgré lui - n° 598
Le misanthrope - n° 647

Alfred de Musset
Les caprices de Marianne *suivi de* On ne badine pas avec l'amour - n° 39
À quoi rêvent les jeunes filles - n° 621

Jean Racine
Phèdre - n° 301
Britannicus - n° 390
Andromaque - n° 469

Edmond Rostand
Cyrano de Bergerac - n° 116

William Shakespeare
Roméo et Juliette - n° 9
Hamlet - n° 54
Othello - n° 108
Macbeth - n° 178
Le roi Lear - n° 351
Richard III - n° 478

Sophocle
Œdipe roi - n° 30
Antigone - n° 692

PHILOSOPHIE ET SPIRITUALITÉ

Anonyme
La Genèse - n° 90
Le Coran - n° 590
Vie du Bouddha - n° 614

Yveline Brière
Le livre de la sagesse - n° 327
Le livre de la méditation - n° 411
Le livre de la paix intérieure - n° 505

Henri Brunel
Contes zen - n° 503
La relaxation pour tous - n° 561
Nouveaux contes zen - n° 579
Dieu en poche - *L'aventure d'une vie* - n° 627
Le moustique - n° 679

Collectif
Vie de Jésus - n° 686

André Comte-Sponville
Le bonheur, désespérément - n° 513

Descartes
Discours de la méthode - n° 299

Arnaud Desjardins
Premiers pas vers la sagesse - n° 661

Épicure
Lettres et maximes - n° 363

Jean Éracle
Enseignements du Bouddha - n° 667

Khalil Gibran
Le prophète - n° 185

Lao Tseu
Tao-te-King - n° 733

Nicolas Machiavel
Le Prince - n° 163

Catherine Maillard et Éric Bony
Le rêve - *Histoire et significations* - n° 568

Thomas More
L'Utopie - n° 317

Friedrich Nietzsche
Fragments et aphorismes - n° 616

Ovide
L'art d'aimer - n° 11

Platon
Le banquet - n° 76
Le procès de Socrate - *Euthyphron, Apologie de Socrate, Criton* - n° 635

Jean-Jacques Rousseau
De l'inégalité parmi les hommes - n° 340

Saint Jean
L'Apocalypse - n° 329

Saint Luc
Évangile - n° 566

Sénèque
De la vie heureuse - n° 678

Vâtsyâyana
Les Kâma Sûtra - n° 152

Jacques de Voragine
La légende dorée - *Vie des douze apôtres* - n° 668

ANTHOLOGIE
Présentée par
Guillaume Pigeard de Gurbert
Si la philosophie m'était contée
De Platon à Gilles Deleuze - n° 403

MÉMO

Nathalie Baccus
Conjugaison française - n° 470
Grammaire française - n° 534
Orthographe française - n° 596

Axelle Beth, Elsa Marpeau
Figures de style - n° 710

Mathilde Brindel, Frédéric Hatchondo
Jeux de cartes, jeux de dés - n° 705

Anne-Marie Bonnerot
Conjugaison anglaise - n° 558
Grammaire anglaise - n° 601

Jean-Pierre Colignon
Difficultés du français - n° 642

Philippe Dupuis
En coédition avec le journal Le Monde
Mots croisés–1 -
50 grilles et leurs solutions - n° 699
Mots croisés–2 -
50 grilles et leurs solutions - n° 700
Mots croisés–3 -
50 grilles et leurs solutions - n° 706
Mots croisés–4 -
50 grilles et leurs solutions - n° 707

Pierre-Valéry Archassal
La généalogie, mode d'emploi - n° 606

Bettane et Desseauve
Guide du vin - *Connaître, déguster et conserver le vin* - n° 620

Sophie Chautard
Guerres et conflits du xxe siècle - n° 651

David Cobbold
Le vin et ses plaisirs - *Petit guide à l'usage des néophytes* - n° 603

Clarisse Fabre
Les élections, mode d'emploi - n° 522

Daniel Ichbiah
Dictionnaire des instruments de musique - n° 620

Jérôme Jacobs
Fêtes et célébrations - *Petite histoire de nos coutumes et traditions* - n° 594

Bernard Klein
Histoire romaine - n° 720

Claire Lalouette
Dieux et pharaons de l'Égypte ancienne - n° 652

Gérard Dhôtel
Le dico de l'info - n° 743

Frédéric Eusèbe
Conjugaison espagnole - n° 644

Daniel Ichbiah
Solfège - *Nouvelle méthode simple et amusante en 13 leçons* - n° 602

Pierre Jaskarzec
Le français est un jeu - n° 672

Maria Dolores Jennepin
Grammaire espagnole - n° 712

Mélanie Lamarre
Dictées pour progresser - n° 653

Micheline Moreau
Latin pour débutants - n° 713

Irène Nouailhac, Carole Narteau
Mouvements littéraires - n° 711

Damien Panerai
Dictionnaire de rimes - n° 671

Jean-Bernard Piat
Vocabulaire anglais courant - n° 643

Mathieu Scavannec
Le calcul - *Précis d'algèbre et d'arithmétique* - n° 595

Orlando de Rudder
Bréviaire de la gueule de bois - n° 232

Jean-Marc Schiappa
La Révolution française 1789-1799 - n° 696

Jérôme Schmidt
Génération manga - *Petit guide du manga et de la japanimation* - n° 619

Gilles Van Heems
Dieux et héros de la mythologie grecque - n° 593

Patrick Weber
Les rois de France - *Biographie et généalogie des 69 rois de France* - n° 650

Abrégé d'histoire de l'art - *Peinture, sculpture, architecture de l'Antiquité à nos jours* - n° 714

Martin Winckler
Séries télé - *De Zorro à Friends, 60 ans de téléfictions américaines* - n° 670

DOCUMENTS

Éric Anceau
Napoléon (1769-1821) - n° 669

Adrien Barrot
L'enseignement mis à mort - n° 427

Jacques Chaboud
La franc-maçonnerie - *Histoire, mythes et réalités* - n° 660

Adrien Le Bihan
Auschwitz Graffiti - n° 394

Jean-Jacques Marie
Staline - n° 572

Françoise Martinetti
Les droits de l'enfant - n° 560
La Constitution de la Ve République - n° 609

Karl Marx et Friedrich Engels
Manifeste du parti communiste - n° 210

Claude Moisy
John F. Kennedy - n° 607

Bruno Perreau
Homosexualité - n° 690

Hubert Prolongeau
La cage aux fous - n° 510

Pierre-André Taguieff
Du progrès - n° 428

Jules Verne
Christophe Colomb - n° 577

Patrick Weber
L'amour couronné - *Silvia de Suède, Grace de Monaco, Mme de Maintenon* - n° 531

ANTHOLOGIES

Présentée par Jean-Jacques Gandini
Les droits de l'homme
Textes et documents - n° 250

Présentée par Philippe Oriol
J'accuse ! de Zola et autres documents - n° 201

Présentée par Jean-Pierre Guéno
Mon papa en guerre
Lettres de Poilus, mots d'enfants (1914-1918) - n° 654

EN COÉDITION AVEC AMNESTY INTERNATIONAL

Violences, féminin pluriel - *Les violences envers les femmes dans le monde contemporain* - n° 680

EN COÉDITION AVEC LE JOURNAL LE MONDE

Sous la direction de Yves Marc Ajchenbaum
La peine de mort - n° 491
Les présidents de la Ve République - n° 521
Irak - n° 742
Israël – Palestine - n° 546
Jean Paul II - n° 565
Les maladies d'aujourd'hui - n° 567
Les États-Unis, gendarmes du monde - n° 578
Voyage dans le système solaire - n° 588
La guerre d'Algérie - n° 608
Indochine - *1946-1954 : de la paix manquée à la « sale guerre »* - n° 629
L'Europe : *25 pays, une histoire* - n° 645
Il était une fois la France - *Chronique d'une société en mutation 1950-2000* - n° 658
La Corse - n° 673
La paix armée - n° 689
François Mitterrand - n° 731

EN COÉDITION AVEC RADIO FRANCE

Sous la direction de Jean-Pierre Guéno
Paroles de Poilus - *Lettres du front (1914-1918)* - n° 245
Paroles de détenus - n° 409
Mémoire de maîtres, paroles d'élèves - n° 492
Paroles d'étoiles - *Mémoires d'enfants cachés (1939-1945)* - n° 549
Premières fois - *Le livre des instants qui ont changé nos vies* - n° 612
Paroles du jour J - *Lettres et carnets du Débarquement, 1944* - n° 634
Cher pays de mon enfance - n° 726

BD

Berthet et Yann
Pin-up :
Remember Pearl Harbor - n° 574
Poison Ivy - n° 581

Binet
Les Bidochon :
Roman d'amour - n° 584
Les Bidochon en vacances - n° 624
Les Bidochon en HLM - n° 674
Princesse Raymonde - n° 732

Claire Brétecher
Les Frustrés - 1 - n° 735
Les Frustrés - 2 - n° 738
Agrippine - n° 736
Agrippine prend vapeur - n° 739

Philippe Geluck
Le Chat - n° 640
Le retour du Chat - n° 675

Tardi
Adieu Brindavoine *suivi de* La fleur au fusil - n° 562
Le démon des glaces - n° 623
Les aventures extraordinaires d'Adèle Blanc-Sec :
Adèle et la Bête - n° 498
Le démon de la tour Eiffel - n° 499
Le savant fou - n° 538
Momies en folie - n° 539
Le secret de la salamandre - n° 563
Le noyé à deux têtes - n° 573
Tous des monstres ! - n° 646

SANTÉ

EN COÉDITION AVEC LA MUTUALITÉ FRANÇAISE
Pr Claude Béraud - Les médicaments - n° 724

Dr Françoise Chadrin, Marie Langre, Roger Lenglet, Dr Bernard Topuz
Tabac - *Arnaques, dangers et désintoxication* - n° 633

Dr William Lowenstein, Dr Jean-Pierre Tarot, Dr Olivier Phan, Pierre Simon - Les drogues - n° 725

Frédéric Ogé, Pierre Simon
Sites pollués en France - *Enquête sur un scandale sanitaire* - n° 662

Maurice Rabache, Marie Langre
Toxiques alimentaires - n° 663

Vanessa Saab
Un psy, pour quoi faire ? - *Guide des thérapies, de la psychanalyse à la sophrologie* - n° 676

Marie Langre, Pierre Simon
Le dico de la santé - *Déchiffrer le vocabulaire médical au quotidien* - n° 741

Elisabeth Tingry
Handicaps. *Préface d'Assia El'Hannouni* - n° 677

Dr Bernard Topuz, Pierre Perbos
Le guide du bébé - *Les bons gestes de 0 à 1 an* - n° 740

CUISINE

Karine Bonjour
La cuisine des gourmandes - n° 321

Pierre Clauss
La cuisine des herbes et des fleurs - n° 496
Les soupes - n° 497

Laurence et Gilles Laurendon
La cuisine des pirates - n° 551
La cuisine du Far West - n° 552
La cuisine des Indiens - n° 553
La cuisine des explorateurs - n° 554
La cuisine du désert - n° 555

Nadjette Guidoum
Pâtisseries orientales - n° 665
Couscous et tajines - n° 728

Claude Kiejman & Catherine Lamour
Petits dîners entre amis - n° 683

Éric Lecomte
Tartines - *Recettes craquantes pour déjeuners chronométrés* - n° 744

Estérelle Payany
Devine qui vient dîner ce soir ! - *40 recettes faciles pour épater vos invités* - n° 625
La cuisine des fauchés - *Recettes faciles pour fins de mois difficiles* - n° 684
Cuisine de fête chic et pas chère - *Recettes délicieuses pour soirées chaleureuses* - n° 685
Potirons, courges et autres cucurbitacées - n° 730
Soufflés - *30 recettes gonflées* - n° 745

Jérôme Schmidt et Hervé-Martin Delpierre
Sushis, sashimis, yakitoris et compagnie - n° 729

Delphine Schwartzbrod
La cuisine du lendemain - n° 493

Stéphanie Schwartzbrod
La cuisine bio - n° 494
La cuisine des fêtards - n° 495

Franck Spengler
La cuisine des amants - n° 322

Catherine Valabrègue
La cuisine des gens pressés - n° 320

MUSIQUE

Charles Aznavour - n° 631
par Christian Lamet

Les Beatles - n° 324
par François Ducray

Björk - n° 659
par Marc Besse

Le blues - n° 35
par Stéphane Koechlin

Bowie - n° 266
par Nicolas Ungemuth

Georges Brassens - n° 295
par Florence Tredez

Jacques Brel - n° 515
par François Gorin

Francis Cabrel - n° 637
par Carine Bernardi

Coltrane - n° 267
par Pascal Bussy

Miles Davis - n° 307
par Serge Loupien

Jacques Dutronc - n° 343
par Michel Leydier

Bob Dylan - n° 480
par Silvain Vanot

Mylène Farmer - n° 589
par Caroline Bee

Léo Ferré - n° 446
par Stan Cuesta

Le funk de James Brown à Prince - n° 583
par Marc Zisman

Gainsbourg - n° 264
par François Ducray

Guide de la musique classique - n° 708
par François Ducray

Jimi Hendrix - n° 342
par Olivier Nuc

Billie Holiday - n° 358
par Luc Delannoy

John Lee Hooker - n° 516
par Stéphane Koechlin

Madonna - n° 405
par Florence Tredez

Manu Chao et la Mano Negra - n° 569
par Souâd Belhaddad

Bob Marley - n° 278
par Francis Dordor

Méthode de guitare - n° 702
par Thierry Carpentier

Jim Morrison et les Doors - n° 456
par Jean-Yves Reuzeau

Les musiques cubaines - n° 279
par François-Xavier Gomez

Noir Désir - n° 610
par Marc Besse

Charlie Parker - n° 455
par Hugues Le Tanneur

Édith Piaf - n° 384
par Stan Cuesta

Pink Floyd - n° 386
par François Ducray

The Police & Sting - n° 703
par Cristophe Crenel

Iggy Pop - n° 537
par Nicolas Ungemuth

Elvis Presley - n° 406
par Serge Loupien

Le raï - n° 348
par Bouziane Daoudi

Lou Reed et le Velvet Underground - n° 466
par Bruno Juffin

Le reggae - n° 366
par Bruno Blum

Renaud - n° 618
par Jean-Louis Crimon

Les Rolling Stones - n° 540
par Jean-Yves Reuzeau

Bruce Springsteen - n° 433
par Hugues Barrière et Ollivier Mikaël

La techno - n° 265
par Guillaume Bara

Neil Young - n° 518
par Olivier Nuc

U2 - n° 599
par Stan Cuesta

En avant la musique !
Jeux et tests : 300 questions pour découvrir toutes les musiques - n° 639
par Laurent Lavige

871

Composition Nord Compo
Achevé d'imprimer en France par Aubin
en avril 2008 pour le compte de E.J.L.
87, quai Panhard-et-Levassor, 75013 Paris
Dépôt légal avril 2008
EAN 9782290009192

Diffusion France et étranger : Flammarion